갓 오브 블랙필드

갓 오브 블랙필드 ⓮

지은이 | MJ STORY 무장
펴낸이 | 권순남
펴낸곳 | (주)마야·마루출판사

등록 | 2008. 1. 7(제310-2008-00001호)

초판 2쇄 인쇄 | 2020. 11. 24
초판 2쇄 발행 | 2020. 11. 27

주소 | 서울특별시 노원구 동일로237가길 17, 신영산업 BD 602호
대표전화 | 02-2091-0291
팩스 | 02-2091-0290
이메일 | marubooks@mayabooks.co.kr

ISBN | 978-89-280-3314-0(세트) / 978-89-280-5777-1
정가 | 8,000원

잘못된 책은 교환하여 드립니다.
저자와 협의하여 인지를 붙이지 않습니다.

「이 도서의 국립중앙도서관 출판시도서목록(CIP)은 서지정보유통지원시스템 홈페이지(http://seoji.nl.go.kr)와 국가자료공동목록시스템(http://www.nl.go.kr/kolisnet)에서 이용하실 수 있습니다.」
(CIP제어번호:CIP2015010595)

갓 오브 블랙필드 14

MAYA&MARU MODERN FANTASY STORY
MJ STORY 무장 현대 판타지 장편소설

GOD OF BLACKFIELD

마야&마루

※ 목차 ※

제1장. 그리운 사람이 서 있던 자리 …007
제2장. 가슴에 담기는 놈들은 …045
제3장. 전설의 시작 …083
제4장. 꼭 전하고 싶은 말이 있었는데 …117
제5장. 미안하다, 아들아 …151
제6장. 그리고… …185
제7장. 누구 마음대로? …221
제8장. 내가 선택한 것 맞다 …257
제9장. 내 삶을 눈물로 채워도 …293

갓 오브 블랙필드

제1장

그리운 사람이 서 있던 자리

평소보다 일찍 퇴근한 유혜숙은 요원들에게 양해를 구하고 마트에 들렀다.

언젠가 코뼈를 얻어맞으면서 악착같이 지켜 주던 모습을 본 뒤로 때론 미안하고, 또 때론 안쓰러운 요원들이다.

여자 요원들은 주로 검은색 정장에 흰색 블라우스나 면티 차림이었다. 그런데 또래의 여성들과 달리 소매가 빵빵해 보일 정도로 팔뚝이 굵고, 어깨와 등이 떡 벌어졌으며, 어떨 때는 건들거리나 싶을 정도로 각이 선 동작을 보인다.

자선 단체를 시작하고 가장 놀란 것은 기부를 강요하는 사람들이 상상 이상으로 많다는 것이었다. 그것도 그저 도와 달라는 것이 아니라 거의 협박 수준이었다.

처음에 숨도 못 쉴 정도로 놀랐던 흉측한 문신이나 상처가 지금은 애교 수준이 되었다.

각목, 회칼, 심지어 후크 선장처럼 손목 아래에 갈고리를 달고 나타난 남자들이 책상을 꽝꽝 찍어 댈 때면 아예 혼이 나가는 것 같았다.

"아저씨! 잠깐 나와 봐."

"이것들이 죽을라고!"

"아이, 거! 잠깐 나오라니까!"

"오냐! 너 이 쌍년! 아예 아가리를 찢어 주마!"

물론 그렇게 따라 나가고, 다시 들어온 사람은 없었다. 대개 여자 요원들은 소매를 털어 가며 실실 웃는 얼굴로 들어왔는데, 가끔은 스트레스가 풀린 표정이기도 했었다.

"괜찮아요?"

그래서 놀란 유혜숙이 물어볼라치면,

"쟤들이 운이 좋은 거지요. 만약 사모님 앞에서 이러고 있는데 아드님 들어오시면 어쩔 뻔했습니까?"

하고는 씨익 웃곤 했다.

그 뒤로 유혜숙은 거칠게 나오는 사람이 있으면 문을 살피는 버릇이 생겼다.

유혜숙이라고 아들의 눈빛이 번들거릴 때가 있다는 것을 왜 모르겠나?

어린 아들이 힘에 부쳐서, 제가 할 수 있는 능력보다 더 많은 일을 하려다 보니 악에 받쳐서 눈빛까지 그렇게 된 걸 거다.

새벽에 달리고 들어올 때마다 유혜숙은 아들이 어떡해서든 견디려는 몸부림 같아서 마음이 편치 않았다.

정확하게 무슨 일을 하는지 모른다.

어느 날 갑자기 변한 아들은, 저렇게 강한 요원들조차 어쩌지 못했던 적의 목을 단숨에 돌려 버리고, 한편으로는 대통령과 국무총리, 국가정보원장이 저녁을 함께 먹자고 할 정도로 중요한 인물이 되었다.

궁금하다. 그리고 알고 싶었다.

그러나 그 모든 것을 덮을 수 있는 이유는 혹시나 그런 일들을 알게 되는 바람에, 아들이 더 위험해지는 것은 아닌가 싶어서였다.

꿈자리가 사납거나 혹은 무심코 하루를 보내다 덜컥 불안한 마음이 들 때가 있다.

그런 날은 먹는 족족 가슴이 답답하고 숨이 쉬어지질 않는다.

사무실에서 습격당했던 날, 아파트에서 지하 주차장으로 몸을 피하던 날, 그리고 곧바로 승합차를 따라 달리던 아들을 본 이후로, 유혜숙은 험한 사람이 찾아오면 항상 문을 살피는 버릇이 생겼다.

누가 뭐라고 해도 아버지나 엄마를 끔찍하게 생각하는

아들이다.

그런 아들이 유혜숙 앞에서 '씨발!'이라는 욕을 내뱉고, 책상을 칼로 찍어 대는 거친 남자를 본다고 생각해 봐라.

유혜숙은 몸서리를 쳤다.

"왜 그러세요?"

"아! 아니에요."

여자 요원이 놀란 눈으로 주변을 빠르게 훑는 바람에 유혜숙은 얼른 목이버섯으로 눈을 돌렸다.

아들이 오는 날이다.

잡채를 입에 넣어 주었을 때 아들의 표정이, 커다랗게 떴던 눈에 담긴 감정이 고스란히 떠올랐다.

"잡채 하실 건가요?"

"그래요."

여자 요원이 웃으면서도 또다시 주변을 살폈다.

사람들이 많은 곳은 요원들이 힘들어하는 것을 알고 있어서 유혜숙은 물건을 오래 고르지 못했다.

불편하다. 솔직히 혼자 여유롭게 돌아다니고 싶을 때도 많다.

그렇지만 나라의 녹을 먹는 요원들이 평범하디 평범한 자신을 지켜 주는 것에 고맙고 감사할 일이지, 불평을 털어놓는 것은 도리가 아닌 거다.

"사모님, 저쪽에 있는 게 더 좋아 보이는데요?"

"그렇죠?"

"그런데 왜 이걸 사세요? 저쪽으로 가 보시죠?"

"이런 데 오래 있으면 민정 씨와 다른 요원분들이 힘들 잖아요."

차민정은 재미난 이야기를 들었다는 투로 웃었다.

"아드님 해 주시려는 거죠?"

"알고 있었어요?"

"예. 일정을 짜게 되니까요. 천천히 고르셔도 됩니다."

그래도 유혜숙은 미안한 마음을 접지 못했다.

"사모님."

차민정이 주변을 둘러본 후에 다시 유혜숙에게 시선을 주었다.

"저희에게 미안하다는 생각 때문에 가시고 싶은 곳이나, 하시고 싶은 일을 주저하시면 저희가 제대로 일을 못하고 있다는 뜻이 됩니다."

"그런 건 아니에요."

차민정은 고맙다는 뜻으로 고개를 숙여 보였다.

"정말 위험하다거나 경호가 힘들 경우에는 따로 말씀드리겠습니다. 그러니 그 전까지는 편안하게 하시고 싶은 일을 하시면 됩니다."

"고마워요."

정말이다. 이렇게 배려해 주는 것이 고맙고 감사해서 가능하면 시간을 줄이고 싶었다.

조금은 여유를 가졌지만, 유혜숙은 가능한 한 빠르게 물건을 골랐다.

시금치도 샀고, 목이버섯은 그 전에 샀고, 고기 샀고, 그 외에… 당면! 제일 중요한 당면을 빼놓았다.

유혜숙이 고개를 들어 국수와 면이 있는 곳으로 시선을 돌리자 차민정이 빠르게 위치를 바꾸었다.

그녀는 가끔 무전으로 지시를 한다.

유혜숙이 알지 못하는 곳에 훨씬 더 많은 요원이 배치되어 있다는 뜻이다.

"B-3 구역으로 이동."

지금도 유혜숙이 걸음을 옮기자 차민정은 빠르게 위치를 알려 주었다.

오늘따라 무전이 좀 잦은 것 같아서 유혜숙은 자꾸만 눈치를 살피게 되었다.

커피 매대를 지나고, 기름 매대를 지난 다음, 라면과 당면을 파는 매대로 돌아들어 갔을 때, 앞에서 다가오는 사람이 있었다.

"아들!"

유혜숙은 왈칵 눈물이 솟구쳤다.

"어떻게 된 거야?"

"어머니, 여기 계시다고 해서요!"

차민정이 고개를 숙여 인사하고 슬쩍 뒤로 빠졌다.

"이리 주세요. 뭐 사시려고요?"

"응. 잡채 하려고."

"정말요?"

유혜숙은 보듬었던 아들을 놓고, 매대에 있던 당면을 집어 들었다.

"더 사실 건 없어요?"

"응. 다 샀어."

그런데 막상 아들이 오자 유혜숙은 무언가 서운했다.

"그러지 말고 다른 거 있나 한번 둘러보죠?"

"아들, 안 피곤해?"

"전혀요!"

강찬은 웃으면서 수레를 밀고 매대를 빠져나갔다.

"저기 한번 가 볼까요?"

그러고는 안쪽으로 움직였다.

유혜숙은 세상 모두가 달려들어도 무섭지 않을 것 같았다.

불고기, 만두, 우유, 부침개, 심지어 냉면과 육수까지 먹어 보고, 맛봐 가며 마트를 커다랗게 돌았다.

오렌지를 하나씩 꼼꼼하게 골랐고, 멜론, 고구마, 당근도 천천히 살폈다.

아들이 지겹지 않을까?

고개를 돌린 곳에서 강찬은 웃는 얼굴로 있었다.

"어머니, 죄송한데 잡채 좀 많이 만드실 수 있어요?"

"왜? 얼마나?"

"여기 수고해 주는 요원들이 6명쯤 되나 봐요. 어머니 잡채 자랑하고 싶거든요."

"맛없으면 어떡하지?"

"괜히 그러신다."

행복했다.

아들은 요즘 넉살도 늘었다.

"어머! 찬이 엄마!"

"아! 안녕하세요?"

"아휴! 아들이랑 데이트하나 보네! 이번에 서울대학 간다면서?"

강찬은 고개를 숙여 인사했을 때 주변 사람들이 힐끔거렸다.

"하여간 부러워. 나중에 봐요."

"아파트 옆 동에 사는 아줌마야. 미영이 사는 동."

"아!"

강찬은 그저 고개를 끄덕여 주었다.

⚜ ⚜ ⚜

집으로 돌아온 유혜숙은 차민정과 함께 잡채를 만들었다.

위민국이 있다는 집은 벌써 사흘째 주변을 꽁꽁 싸매다시피 감시 중인데, 아직도 드나드는 사람이 한 명도 없었다.

밤에 불은 켜진다.

덮치고 싶은 마음이 굴뚝같았지만, 만에 하나 위민국이 그곳에 없을 경우도 계산해야 해서 지금은 기다릴 때였다.

그 바람에 김형정은 사흘째 차에서 먹고 잔다.

잠시 후,

"아들! 저녁 먹어!"

유혜숙의 기쁜 음성이 들려서 강찬은 부엌으로 움직였다.

요원들 숫자만 6명이다.

낮에 병원에 들렀던 강대경이 저녁 약속이 있는 바람에 숫자가 적었지, 하마터면 잔칫집이 될 뻔했다.

식탁에서, 거실에서 편안하게 잡채를 먹었다.

눈물 나는 맛이라는 건 이런 것 아닐까?

살면서 엄마의 손맛이라는 말뜻을 이해하게 될 줄은 정말 몰랐다.

후루룩. 후룩.

김치를 얹은 다음, 볼에 꽉 차도록 먹을 때의 행복이라니.

"밥 비벼 줄까?"

"그럴까요?"

널따란 접시에 밥을 깔고 그 위에 잡채를 올린다.

요원들도 사양하지 않고 먹어서 김치를 벌써 두 번이나 더 꺼냈다.

유혜숙은 무척이나 행복한 표정이었고, 요원들은 뿌듯한 얼굴이었다.

강찬이다.

대한민국 특수팀의 위상을 단숨에 세계 수준으로 끌어올린 사람.

그의 부모를 지키고, 함께 앉아서 밥을 먹는다. 그것도 이제는 국가정보원 부원장으로 대테러 팀장을 맡고 있는 강찬과 말이다.

함께 잡채를 먹는 이 순간을 팔겠다고 하면 단박에 30명은 달려들 거다.

"더 먹어."

"많이 먹었습니다."

차민정은 진짜 많이 먹었다.

"더 먹을 사람?"

다들 차민정과 다르지 않은 얼굴이었다.

여자 요원들이 달려들어 설거지를 도왔고, 다 같이 앉아서 차를 마셨다.

말을 하지 않았지만, 요원들의 자부심이 아파트에 가득했다.

웅웅웅. 웅웅웅. 웅웅웅.

그리고 그때 전화가 울렸다.

"여보세요?"

[우희승입니다. 잠깐 시간 되십니까?]

"응. 왜?"

강찬은 슬쩍 주방의 유혜숙을 보았다.

[이런 일 말씀드려도 되는지 모르겠는데, 이유슬 때문입니다.]

"이유슬이? 왜?"

[자는 줄 알았는데 특수팀 활동 모습을 TV로 봤나 봅니다. 그때 안아 주셨던 아저씨 죽은 거 아니냐고 계속 울어서, 차동균 중위가 어떻게 방법이 없겠냐고 전화했습니다.]

"지금 증평에 있어?"

요원들의 시선이 빠르게 강찬에게 달려왔다.

[예. 증평 시내에 아파트로 이사해서 그곳에 있습니다.]

"가야지."

[죄송합니다.]

"그게 왜? 마침 저녁 먹었으니까 바로 출발할게. 다예한테 연락 좀 해 줘."

[알겠습니다.]

전화를 끊은 강찬은 주방으로 움직였다.

"어머니."

"응? 과일 줄까?"

"아뇨. 그게 아니라 지난번에 증평에 병문안 갔던 적 있잖아요?"

"응."

"오늘도 한번 다녀올까 하구요."

"왜? 많이 안 좋으시대?"

유혜숙이 안타까운 표정을 지어서 강찬은 보기 좋은 웃음을 달았다.

"좋아졌대요. 한 번 더 가기로 했었는데 마침 시간이 돼서 다녀올까 하구요."

"힘들어서 어쩌니? 하루쯤이라도 쉬어야 할 텐데."

"오늘부터 계속 쉴 텐데요. 늦게라도 들어올게요."

"그래, 아들."

유혜숙이 강찬을 안으려다가 힐끔 요원들의 눈치를 살폈다. 이런 모습은 정말 귀엽다는 말 말고는 달리 표현할 길이 없다.

강찬은 유혜숙을 안아 주고 방으로 들어가 옷을 갈아입었다.

거실로 나왔을 때 요원들은 내용을 알고 있는 눈치였다.

"조심해서 다녀오십시오."

그들의 눈빛과 태도, 그리고 음성으로 알 수 있었다.

⚜   ⚜   ⚜

강찬과 석강호가 한 차, 뒤편에서 우희승과 이두범이 따랐다.

아직 다리가 완전하게 낫지 않았고, 옆구리에 붕대도 감았다. 석강호는 좀 더 심한 편이었는데, 운전을 하기 불편해 보이기까지 했다.

커피를 사서 한 모금씩 마시며 가는 길이다.

"거, 애가 안쓰러워서 어쩌우?"

"특수팀의 비애라면 비애인 거지. 사실 이런 건 영웅을 만들어서라도 자부심을 심어 줘야 하는데……."

평일 오후라 고속도로는 그럭저럭 달릴 만했다.

부대에 들어서자 막사에서 차동균과 부관이 먼저 나왔고, 다음으로 대원들이 두 사람을 반겨 주었다.

"저녁은 어떡하셨습니까?"

"난 먹었어. 여기는?"

"저희는 시간 밥 먹잖습니까?"

하기야, 군대만큼 제시간에 밥 먹는 곳이 몇 곳이나 되겠나?

"지금 가면 돼?"

"예."

강찬의 차에 차동균과 곽철호가 탔고, 이번에 대원들은 부대에 남았다.

"이쪽 특수팀 사령관은 아직 안 정해졌어?"

"그런 모양입니다. 드세다는 소문도 있고, 일이 고되다는 말이 돌아서 쉽게 나서기 어렵다는 말은 들었습니다."

염병! 군인이 힘들다고 안 오겠다는 소리를 했다니!

실제로 목숨 걸고 뛰어다니는 놈들은 1년에 3천만 원도 안 되는 봉급에도 기쁘게 죽는다는데, 별을 단 인간들이 힘들어서 안 맡으려 한단다.

"유슬이, 병원에 다니고는 있냐?"

석강호가 힐끔 던진 질문에 차동균이 '그렇다고 들었습니다.' 하는 답을 했다.

차동균이 가리키는 대로 증평 시내로 들어오자 제법 높아 보이는 아파트가 눈에 띄었다.

"이리 이사 왔습니다. 한동안 잘 지냈는데 TV를 보고 놀란 모양입니다."

"저 앞에 제과점에 잠깐 세워 봐."

강찬이 고개를 끄덕이며 말을 할 때였다.

"저기 나와 있나 봅니다."

차동균이 뒤에서 손을 뻗어 놀이터 한쪽을 가리켰다.

차가 섰고, 강찬과 차동균, 곽철호가 내렸다.

이유슬은 막상 강찬이 다가서자 얼른 엄마의 허리를 붙잡고 등 뒤로 숨었다.

"뭐야? 나, 보고 싶다고 그랬던 거 아냐?"

빼꼼.

이유슬이 눈만 내밀어 쪼그려 앉은 강찬을 보았다.

"빨리 와! 얼른 케이크 사러 가자."

이유슬의 엄마가 입을 가리고 억지로 울음을 삼키는 앞이다.

"어? 정말 안 오면 갈 거다."

"아저씨, 다친 거 아니에요?"

"다 나았어."

"그럼 이제 괜찮아요?"

"응! 그러니까 얼른 케이크 사러 가자니까!"

이유슬이 강찬을 물끄러미 바라볼 때였다.

"하늘에서 아빠가 보고 계시다가 이번에도 우릴 다 살려주셨어. 유슬이 잘 부탁한다고 말씀도 하셨고."

"정말 그런 말을 했어요?"

"노래도 잘 들었다고 하시던데?"

"아빠가 나 보고 싶지는 않대요?"

이유슬의 눈과 입이 가로로 길게 늘어졌다.

"매일 보고 있기는 한데, 너무 안아 보고 싶으니까 아저씨더러 대신 안아 달라고 하시던데?"

쭈뼛. 쭈뼛.

이유슬이 강찬을 향해 움직였다.

"이리 와."

"으아앙!"

그리운 사람이 서 있던 자리 • 23

이유슬을 안은 강찬이 자리에서 일어섰다.

"아빠아! 나 아빠가 너무 보고 싶어!"

이런 상처는 하루아침에 낫지 않는다.

세상 전부를 지켜 주던 아빠가 한순간에 죽고 없다는 걸 어떻게 쉽게 털어 낼 수 있겠나?

강찬은 이유슬을 안고 서 있었다.

그래도 이번에는 10분쯤 지나자 울음을 그쳤다.

"밥은 먹었어?"

이유슬이 고개를 저었다.

"뭐 먹고 싶어?"

이번엔 아이의 시선이 엄마를 찾았다.

"왜? 뭔데?"

"아빠하고 먹던 치킨 먹고 싶댔어요."

엄마가 답을 대신했다.

"치킨이구나! 가자!"

이유슬이 울음을 터트리면서 강찬의 목을 꽉 끌어안았다.

아파트 주변에 있던 사람들이 힐끔거리다가 차동균과 곽철호를 보고는 조심스러운 표정을 지었다.

몸을 돌려 걸을 때였다.

눈물을 닦아 낸 이유슬의 엄마가 강찬의 곁에서 '도움 주셔서 고맙습니다.' 하고 조용하게 말을 건넸다.

"죄송합니다. 목숨을 살려 주셨는데, 제가 할 수 있는 건 그것밖에 없었어요."

"아니요!"

이유슬의 엄마가 고개를 세차게 저었다.

"돈도 중요하지만, 우리 그이가 헛되이 죽지 않았다는 걸 알고 나서 용기가 생겼어요. 유슬이 정말 잘 키울게요. 어쩐지 애 아빠가 정말 보고 있을 것 같아요."

엄마가 말을 건네자 이유슬은 울음을 그쳤다.

치킨집에 들어간 강찬은 한쪽을 차지하고 종류별로 시켰다.

"먹자!"

일부러 씩씩하게들 먹었다.

"건배!"

콜라를 든 이유슬 모녀와 시원하게 잔도 부딪쳤다.

"아빠가 너 씩씩했으면 좋겠대."

강찬은 아무렇지도 않은 척 말을 건넸다.

"정말요?"

곧바로 눈물이 달렸는데 울음이 터지지는 않았다.

우걱. 우걱.

닭다리를 커다랗게 베어 문 강찬은 이유슬의 눈을 빤히 들여다보았다.

"너 자꾸 울면 아빠가 위에서 힘들어 다른 아저씨들이 놀리기도 하고. 유슬이, 아빠처럼 멋진 군인 안 할래?"

차동균과 곽철호가 화들짝 놀란 눈으로 강찬을 볼 때였다.

"할래요!"

이유슬이 고개까지 끄덕이며 답을 했다.

"그래! 그럼 씩씩하게 잘 먹고, 잘 자고, 울지 말고, 억울한 일 생기면 아저씨한테 바로 전화하는 거야. 할 수 있겠어?"

"그럼 군인이 돼요?"

"응. 아빠 기억하잖아? 아빠 우는 거 봤어?"

이유슬이 고개를 저었다.

"아빠 밥 싫다는 거 봤어?"

또다시 고개를 젓는 이유슬의 머리를 강찬이 쓰다듬어 주었다.

동료를 잃은 병아리 대원들이 꼭 이랬다.

"너 특수팀에 들어와라."

이 말을 던지면 열이면 열, 모두 상처를 털고 일어났다. 같은 자리에 설 수 있다는 생각이 가장 큰 위로가 되는 것처럼 보였다.

그리운 사람이 서 있던 자리에 설 수 있다는 희망에 기대며 혼자 서 있게 되는 거다.

확실히 좀 더 나아졌다.

치킨을 먹는 짧은 시간을 함께 보냈을 뿐인데 이유슬은

마지막에 손을 흔들며 집으로 들어갔다.

석강호가 일부러 툴툴거렸고, 차동균과 곽철호가 군인이 되겠다는 말에 과할 정도로 감동한 표정을 보인 것이 제대로 먹힌 느낌이었다.

네 사람은 이유슬이 손을 흔들며 아파트 입구로 완전히 모습을 감출 때까지 지켜보고 있었다.

"시간 좀 되십니까?"

차를 향해 걷는 동안 차동균이 건넨 질문이었다. 위민국 쪽에서 상황이 벌어지지 않는다면 당장 숨 가쁠 일은 없다.

"의논드릴 게 있습니다."

"어차피 부대로 태워다 줘야 하잖아? 거기서 얘기해도 되지?"

석강호가 운전을 했고, 올 때처럼 한 차로 움직였다.

부대로 돌아온 강찬은 석강호와 함께 막사로 들어섰다. 곽철호가 봉지 커피를 타서 앞에 놓아주었고, 차동균과 부관이 함께 앉았다.

"이곳을 맡을 분이 없습니다. 최 장군님이 보이셨던 모습이 워낙 유명해서 비교되는 것이 부담스러울 수도 있고, 그런 점에서 저희를 받아들이기 불편한 모양입니다."

강찬은 종이컵을 입으로 가져가며, 차동균의 다음 말을 기다렸다.

그리운 사람이 서 있던 자리

"제가 이곳을 맡게 해 주십시오."

차동균이 어렵게 입을 열었다.

"중위 계급으로 그게 가능해?"

강찬의 질문에 부관이 얼른 고개를 들었다.

"이 부대를 국가정보원에서 위탁 관리하면 됩니다. 소속은 국방부인데 관리는 국가정보원 대테러팀에서 할 수 있습니다."

"이유는?"

"군의 규정대로 하면 저희는 지금 같은 훈련을 제대로 못 합니다. 전에는 그 모든 것을 최 장군님께서 막아 주셨는데, 당장 FM대로 하는 분이 오시면 서로 숨 막혀서 견디기 어렵습니다."

강찬은 나직하게 한숨을 내쉬었다.

자칫하면 특수팀을 손에 넣겠다는 것처럼 비칠 수도 있는 일이다. 군의 생리, 그것도 특수팀이 차지하는 비중을 생각한다면 쉽게 요구하기 어려운 일이었다. 그것도 최근에 급성장한 특수팀이다.

"그러니까 소속은 국가정보원으로 하고 실제로는 동균이 네가 관리하고 싶다는 거지?"

"그렇습니다."

석강호의 질문에 차동균이 분명하게 답을 했다.

"내가 그걸 요구했을 때 쉽게 허락을 할 수 있는 건가?"

"반반입니다."

이번엔 강찬이 물었고, 부관이 얼른 답을 했다.

"아무래도 군에서 특수팀을 쉽게 내놓지는 않을 겁니다. 그 외에도……."

"내게 힘이 너무 집중되는 것일 수도 있고?"

"그렇습니다."

차동균과 부관이 개인적인 욕심으로 이러지 않으리라는 믿음은 있다. 그러나 다른 사람들 모두가 그렇게 생각해 주기를 바라기는 어렵다.

"일단 서울에 가서 김 팀장님하고 의논해 볼게."

"알겠습니다."

차동균의 답을 들으며 강찬은 생각난 것이 있었다.

"그런데 지난번에 비하면 몸이 많이 나았네?"

"회복 속도가 점점 빨라집니다. 종일 선배도 마찬가지랍니다. 병원에서도 놀라던데, 담배를 끊어서 그런 건가 싶기도 합니다."

석강호가 한쪽 입술을 들어가며 웃었다.

이게 정말 수혈한 덕분인 건가?

표정으로 봐서 석강호는 완벽하게 그렇다고 믿는 눈치였다.

"알았다. 일단 올라가서 정리해 볼 테니까 그동안 대원들 잘 챙기고 있어."

"감사합니다."

그길로 강찬은 석강호와 함께 서울로 올라갔다.

"위민국이 너무 잠잠한 거 아니오?"

"일주일까지는 지켜봐야지. 우리 보고 숨어 있으라면 보름 이상 처박혀 있지 않겠냐?"

"그건 그렇소."

고속도로에 들어서자 석강호가 속도를 냈다.

"내일은 대사님을 만나 볼 생각이니까 그렇게 알고, 혹시 1층, 아버지 모시고 가서 볼지 모른다."

"푸흐흐, 재단까지 옮겨 오면 건물에 요원 숫자가 엄청나겠소."

강찬도 웃음이 나왔다.

그런저런 이야기를 하며 서울에 도착한 것은 밤 10시쯤이었다.

"수고했어."

"내일 아침에 통화합시다. 나는 바로 사무실로 가 있겠소."

"알았다."

석강호와 헤어진 강찬은 바로 아파트로 올라갔다.

번호 키를 누르고 들어가자, 거실에 있었던 모양으로 강대경과 유혜숙이 맞아 주었다.

"병문안 갔던 일은 어땠냐?"

"많이 좋아져서 마음 편하게 돌아오는 길이에요."

인사를 마친 강찬은 편안한 옷으로 갈아입고 거실로 나왔다.

"아버지, 내일 바쁘세요?"

"나? 연말이라 좀 그렇긴 한데 시간이 많이 필요한 일이냐?"

"아뇨. 대략 한 시간이면 충분할 것 같은데요."

"무슨 일인데?"

강대경은 정말 궁금하다는 눈빛이었다.

"미쉘이 디아이를 옮긴 건물이라는데 1층과 2층이 비었다고 해서요. 혹시 괜찮으시면 전시장을 그리 옮기시면 어떨까 싶어서요. 어머니도 가실 수 있어서 한 건물에 계시면 훨씬 낫지 않을까 싶기도 하구요."

"그게 어디냐?"

강찬은 대략적인 위치를 알려 주었다.

"그 건물은 알지. 누구 들어올 사람이 있다고 건물주가 내놓지 않는다고 했다던데?"

강대경이 고개를 갸웃하며 강찬을 보았다.

"마음에는 드세요?"

"코너에 있으니까 지금 있는 곳보다 훨씬 낫지. 그런데 임대료가 많이 비싸지 않겠니? 새로 지은 건물이라 욕심내는 사람도 많을 테고."

"지금 내시는 정도로 가능할 것 같다고 하던데요?"

강대경은 사업을 하는 사람이다. 믿기지 않는다는 표정을 한 뒤에 곧바로 걱정스러운 얼굴로 입을 열었다.

"네가 알아서 잘하겠지만, 혹시 영향력을 행사하는 거라면 무리하지 않아도 된다."

"그런 건 아니에요. 믿으셔도 돼요."

"그렇다면 우선 지금 있는 건물 관리실과 먼저 의논해 보고 결정하는 게 맞다. 그래도 되겠니?"

"예, 그 정도는 괜찮을 거예요. 그럼 결정되시면 알려 주세요."

"그러자."

"여보! 우리 한 건물에 있으면 좋기는 좋겠다. 요원분들이 모여 있을 수도 있고."

강대경이 그렇다고 하며 고개를 끄덕였다.

⚜ ⚜ ⚜

새벽에 일어난 강찬은 잠시 고민하다가 아침 운동을 거르기로 했다. 다리가 아직 충분히 낫지 않은 상태여서 굳이 무리하고 싶지 않았다.

"아들! 오늘은 운동 안 해?"

"예. 오늘은 좀 게을러지네요."

"어디 아픈 건 아니지?"

유혜숙은 운동을 거른다는 말을 반기면서도 한편으로는 걱정스러운 얼굴이었다.

이런 엄마를 어떻게 싫어할 수 있겠나?

"아침은 뭐 먹어요?"

"응. 콩나물 넣어서 김칫국 해 먹으려고."

"도와드릴까요?"

유혜숙은 국과 밥을 했고, 강찬은 냉장고에서 반찬을 꺼내고 수저를 준비했다.

"어? 운동 안 나갔니?"

"예. 오늘은 좀 쉬려구요."

강대경이 빠르게 강찬의 다리를 보았다가 시선을 들었다.

'괜찮은 거지?'

'그럼요.'

그러고는 강찬의 미소를 보고서야 반쯤 안심하는 표정을 지었다.

모처럼 여유 있게 세 식구가 아침을 함께 먹었다.

출근하는 두 사람을 배웅한 강찬은 느긋하게 책상에 앉아 라노크에게 전화를 걸었다.

[강찬 씨! 몸은 좀 어떻습니까?]

"연락이 늦어서 죄송합니다. 대사님, 시간 괜찮으시면 언제고 찾아뵙겠습니다."

라노크가 일정을 확인하는데 잠시 시간이 걸렸다.

[그렇다면 내일 점심을 함께 먹을까요? 시간은 12시가 좋겠습니다.]

"예. 그럼 그 시간에 뵙겠습니다."

털썩.

소파에 길게 늘어진 강찬은 멍하니 천장을 보았다.

강대경과 건물을 둘러보고 라노크도 만날 계획이었는데 느닷없이 하루가 텅텅 비었다.

'미영이를 만나 볼까?'

마침 방학일 테니까 우선 전화를 걸어서…….

웅웅웅. 웅웅웅. 웅웅웅.

그런데 그 순간, 무슨 헛생각을 하느냐는 것처럼 전화기가 울었다.

"여보세요?"

[양범입니다, 강찬 씨. 내일 대사님을 만나기로 하셨다던데 제가 함께해도 되겠습니까?]

이 인간들은 도대체 다른 나라 방문하는 걸, 강찬이 증평 가는 것만큼이나 별일 아닌 것처럼 움직인다.

"저야 상관없습니다."

[그럼 저도 12시에 대사관으로 가겠습니다. 그때 뵙지요.]

"예."

확실히 오늘 약속은 없는 건데도 양범까지 온다니까 어쩐지 김미영을 만날 여유가 없는 것처럼 느껴졌다.

그렇더라도 아무튼 약속은 내일인 거다.

지금 만나서 밥을 먹으면······.

그때였다.

웅웅웅. 웅웅웅. 웅웅웅.

'넌 오늘 절대로 김미영을 못 만나!' 하는 것처럼 전화기가 또다시 몸을 떨어 댔다.

김형정이다.

강찬은 빠르게 통화 버튼을 눌렀다.

"여보세요?"

[곽도영이 나타났습니다.]

강찬은 정신이 번쩍 들었다.

"바로 갈게요."

[알겠습니다.]

이렇게 되면 점심이 문제가 아닌 거다. 강찬은 서둘러 옷을 갈아입고 집을 나섰다.

먼저 우희승에게 전화를 걸었고, 다시 아파트를 내려오면서는 석강호의 번호를 눌렀다.

"곽도영이 나타났단다. 난 여기서 희승이 차로 움직일게."

[사부실인데 바로 가겠소.]

"눈치채지 않도록 멀찍이 내려."

[알았소.]

집에서 이태원까지 꼭 15분 걸렸다.

강찬은 우선 김형정이 기다리고 있는 승합차로 올라갔다.

사흘 내내 승합차에서 지냈다더니 김형정은 꺼칠한 얼굴이었다.

"아직 집에 있나요?"

"예. 들어가고 나서 지금까지 별다른 움직임은 없습니다."

승합차에는 5개의 모니터가 있었는데, 건물 위쪽에서 찍은 주택의 곳곳을 보여 주고 있었다.

"요원들은요?"

"무장한 대테러팀이 대기 중이고, 그 외에 사복 요원들 20명이 주변에 있습니다."

강찬은 김형정이 건네준 무전기를 착용했고, 권총을 허리에 걸었다.

김형정이 꺼칠한 얼굴로 화면을 노려보고 있을 때, 문이 열리고 석강호가 불쑥 들어왔다.

말이 필요 없는 일이다.

석강호 역시 무전기를 착용했고, 다음으로 권총을 받아 허리에 걸었다.

"들어갈 거요?"

석강호의 질문이었다.

강찬은 어떠냐는 의미로 김형정에게 시선을 주었다.

"지금은 굳이 그럴 필요 없습니다. 일단 곽도영이 혼자 나오면 미행해서 어디에 있다가 오는 건지 확인하고 체포해도 됩니다. 도움을 주는 사람이 있다면 이번 기회에 한꺼번에 잡을 수도 있습니다."

"그러네. 그러고 보니까 이 새끼가 지금까지 어디 있다가 불쑥 나타난 거지?"

"호텔에 있었을지도 모릅니다."

김형정의 답을 들으며 강찬은 시계를 힐끔 보았다.

오전 10시 30분이었다.

이걸 확 들어가 버려?

문제는 안에 정말 위민국이 있느냐는 거다.

무턱대고 들어갔다가 만에 하나 곽도영만 있다면 위민국에게 도망가라고 고함을 질러 준 꼴이 된다.

김형정이 지시하자 뒤에 있던 요원이 봉지 커피를 타서 마시며 시간을 보냈다.

염병할!

곽도영이 나타났다는 말에 곧바로 달려온 건데, 애새끼가 처박혀서 꼼짝을 하지 않는다.

그 바람에 멋지게 무전기와 권총 차고서 승합차에 2시간을 앉아 있었다.

"이 새끼들은 뭔 할 말이 이렇게 많은 거야?"

석강호의 툴툴거리는 소리를 들으며 강찬은 천천히 모니터를 살폈다. 2층 양옥에 마당까지 넓어서 이 정도면 가격이 제법 나가지 싶었다.

"팀장님, 이 집 소유주가 누구로 되어 있던가요?"

"6개월 전에 1년 계약으로 월세로 빌린 집이고, 계약자는 김철웅, 월세는 1년 치 선불로 되어 있었습니다."

"김철웅은요?"

"가명입니다. 계약서에 명시된 김철웅은 가양동에 살고 있는데, 이 사건과 전혀 무관한 사람입니다."

강찬이 고개를 끄덕일 때였다. 현관이 열리며 덩치 큰 사내가 나오는 것이 보였다.

"곽도영입니다."

김형정이 알려 준 순간에 곽도영이 안쪽을 향해 시선을 준 다음, 대문을 향해 몸을 돌렸다.

분명 누군가 현관 안에 있었다.

치잇.

[미행팀 대기.]

치잇.

[2조 출발.]

치잇.

[3조 출발.]

곧바로 승합차로 무전이 들어왔다.

"택시로 위장한 차량이 2대, 그 외에 오토바이, 승용차가 각각 2팀씩 대기하고 있습니다."

강찬은 김형정의 말을 들으면서도 현관을 비춘 모니터를 계속 노려보았다.

위민국, 이 개새끼!

이 새끼가 지랄만 하지 않았어도 최성곤이 살아 있을 거고, 그랬다면 이유슬의 아버지도 죽지 않았을 거다.

치잇.

[1조다. 한남대교를 건너간다.]

치잇.

[3조가 교대한다. 1조는 앞서가라.]

치잇.

[카피. 3조.]

가장 아래쪽 오른편의 모니터에 한남대교 주변의 지도가 떴고, 미행팀의 차량이 화살표로 표시되었다.

방식은 최첨단인데 그림과 화살표가 어딘지 투박하고 촌스러운 느낌이었다.

이 새끼는 어디로 가는 거지?

치잇.

[논현동 방향. 2조가 맡는다.]

치잇.

[카피. 2조 출발.]

이게 듣고만 있으니까 갑갑하기도 하고, 좀 더 긴장된 느낌이었다.

치잇.

[호텔 도착. 5조, 6조가 맡는다.]

치잇.

[카피. 2조.]

잠시 침묵이 흐른 다음이었다.

치잇.

[호텔 투숙. 1조 차량 추적 장치 부착. 5조, 6조 화물 동선 파악.]

치잇.

[카피.]

뭐야? 그냥 호텔에 투숙한 거야?

강찬이 고개를 틀어 김형정을 보았을 때였다.

치잇.

[511호, 투숙. 화물 외에 다른 특이 사항 없음.]

하는 무전이 들어왔다.

강찬은 고개를 끄덕였다. 이 정도라면 더 시간을 끌 이유가 없는 거다.

"팀장님, 전에 스미든 집 주변에 했던 것처럼 휴대전화기 통화를 막을 수 있나요?"

"가능합니다."

"그렇다면 그걸 작동해 주세요."

"들어가실 생각입니까?"

"이 정도면 적어도 안에 위민국이 있는지 정도는 확인하는 것이 맞는 것 같은데요?"

"알겠습니다."

김형정이 답을 하고는 스위치 3개를 연속으로 눌렀다.

"마지막으로 이 버튼을 누르면 반경 3킬로미터 안쪽은 휴대전화의 통화가 불가능합니다. 대테러팀과 요원들, 대기 중에 있습니다."

철커덕.

강찬은 마지막으로 권총을 꺼내서 안전장치를 확인하고 노리쇠를 당겼다.

"저는 이곳에 있겠습니다."

누군가 지휘를 해 주는 게 맞다.

강찬은 고개를 끄덕이고 석강호와 함께 승합차에서 내렸다.

요원 2명이 앞에 있다가 바로 앞에 있는 골목으로 걸음을 옮겼다.

치잇.

[외곽 교통 통제.]

치잇.

[카피.]

김형정의 무전에 곧바로 답이 들려왔다.

치잇.

[전기 차단 대기.]

치잇.

[카피.]

치잇.

[저격수 대기.]

치잇.

[카피.]

텅텅 비어 있는 골목을 걸어가는 동안 김형정의 무전과 답이 계속해서 들려왔다.

"저 집입니다."

요원이 두 건물 옆의 집을 가리켰다. 모니터로 본 것과 달리 담이 꽤 높았다.

"대테러팀은 저쪽에 대기 중입니다."

안쪽에 검은색 승합차가 2대 있었다.

강찬은 승합차로 걸음을 옮기며 집을 살폈다. 골목이 안쪽으로 휘어 있어서 승합차에서는 건물이 보이지 않는다.

"외곽 통제된 거지?"

"그렇습니다."

"옆집은?"

"주변 4개는 모두 비어 있습니다."

어떻게?

강찬의 시선을 받은 요원이 빠르게 답을 했다.

"경품에 당첨돼서 여행 간 집이 한 곳, 미국 영주권에 문제가 생겨서 미국으로 출국 한 곳, 그리고 나머지 두 곳은 코트라에서 협조해 주었습니다."

뭘 어떻게 협조했는지 중요하진 않다.

지금 당장은 저 빌어먹을 집에 위민국이 진짜 있는지, 그리고 그놈이 어떤 장치를 했는지가 문제인 거다.

강찬이 힐끔 시선을 준 곳에서 석강호 역시 눈을 번들거리고 있었다.

감은 나쁘지 않았다.

그렇더라도 언젠가 공장에서처럼 폭탄을 설치했다가 터트리면 이곳의 대원들과 요원들이 무사하길 바라기는 어려운 일이었다.

솔직히 이 정도에 은신하고 있다면, 저 새끼도 감시 카메라 정도는 설치해 놓았다고 보는 게 맞다.

"진입 계획은?"

"양쪽 집에서 레펠을 연결하고, 동시에 다른 조가 담을 타고 넘어갈 생각입니다."

"폭탄을 설치했을 경우는?"

"가능한 한 빠르게 진압하는 수밖에 없습니다. 그 외에 여성 요원이 방문하는 방법이 있습니다."

여성 요원?

이번에도 빠른 답이 들려왔다.

"도시가스 안전 검사 시일을 넘겼습니다. 주방에 설치된 밸브 안전 검사를 핑계 대고 안으로 들어갈 수도 있습니다."

강찬은 고개를 좌우로 저었다.

위민국이나 북한 특수군을 만만하게 보았다간 곧바로 목숨이 날아간다.

강찬은 나직하게 숨을 내쉬며 건물을 노려보았다.

개새끼! 마지막까지 정말 쉽지 않다.

제2장

가슴에 담기는 놈들은

제일 좋은 방법은 대테러 요원들이 현관과 유리를 부수고 들어가는 거다. 하지만 어떤 방법을 쓰든 위민국이 죽음을 각오하고 폭탄을 터트리는 것이 가장 무섭다.

안산에서처럼 C4를 터트리면 적어도 담벼락 안에 있는 요원들은 전부 죽은 목숨이라고 보는 것이 맞다.

거기에 이태원 주택가 한복판이 날아가는 거다.

최성곤, 그리고 이곳의 요원들, 서울 한복판의 주택가 폭발까지, 위민국은 그야말로 남는 장사다.

그리고 강찬이 위민국의 입장이라도 분명 같은 선택을 했을 거다.

개새끼!

강찬은 확신이 들었다.

이 새끼는 자폭을 결심하고 일을 크게 만들려는 거다. 장광택이 죽은 만큼, 강찬이 중국 공항에서 일을 벌인 것처럼, 화끈하고 시원하게 대한민국을 흔들고 싶은 거다.

"저 새끼, 아무래도 자폭하려는 거 아니오?"

강찬이 시선을 주자 석강호가 툴툴거리며 말을 이었다.

"아무럼 저 새끼가 우리가 이렇게 포위하고 있는 걸 모를 리는 없을 테고, 우리라도 그렇지 않겠소?"

"그렇지?"

"그렇지요!"

강찬은 고개를 끄덕인 다음, 왼손 소매를 들어 무전 버튼을 눌렀다.

치잇.

"김 팀장님, 이곳에서 C4가 터지면 반경 얼마까지 위험한가요?"

무전은 모든 요원이 다 듣는다.

치잇.

[잠시만 기다려 주십시오.]

김형정의 답이 있고 1분쯤 지난 후에야 두 번째 무전이 들려왔다.

치잇.

[안산에서 터진 C4가 3파운드입니다. 같은 양으로 계산

했을 때 반경 30미터 안쪽은 위험지역이고, 100미터 안쪽은 영향권에 들어갑니다.]

치잇.

"그렇다면 위험지역을 전부 비우세요."

요원들이 놀란 눈으로 강찬을 다시 보았고, 김형정은 당장 답이 없었다.

치잇.

[부원장님, 그렇게 하려면 수도방위사령부와 경찰청의 협조가 있어야 합니다.]

치잇.

"위민국은 반드시 C4를 터트릴 겁니다. 저놈은 지금 우리가 안으로 진입하기를 기다리는 겁니다. 이제부터는 진입 작전을 펼칠 것처럼 유인해야 하고, 그동안 최선을 다해서 주변을 비워야 합니다."

치잇.

[대테러 팀장님의 직권으로 가능한데, 나중에 문제가 될 소지가 큽니다.]

치잇.

"제겐 책임보다 요원 한 명의 목숨이 더 소중합니다. 팀장님도 같은 생각이리라고 믿습니다."

치잇.

[알겠습니다.]

김형정과 무전을 마친 강찬은 석강호와 함께 다시 대테러 팀이 대기 중인 승합차로 걸음을 옮겼다.

"무전은 모두 들었지?"

"그렇습니다."

복면을 한 대원이 빠르게 답을 했다.

"시간을 끈다. 혹시 바렛이 있나?"

"바렛 M82A3이 있습니다."

"두 정을 준비해 줘."

강찬이 막 명령을 내리는 순간이었다.

치잇.

[수방사 사령관이 직접 연결을 원하고 있습니다.]

김형정의 무전이 들려왔다.

치잇.

"제가 그쪽으로 가겠습니다."

강찬은 석강호와 함께 승합차로 자리를 옮겼다.

드르륵.

안으로 들어서자 김형정은 진심으로 난처한 얼굴이었다.

강찬의 시선을 받은 김형정이 수화기를 건네고 버튼에 손을 올렸다.

"연결해 주세요."

무언가 말을 하려던 김형정이 곧장 버튼을 눌렀다.

[수방사요!]

"국가정보원입니다."

상대가 이름을 말하지 않아서 강찬도 그에 맞췄다.

[새로 부원장이 되셨다는데, 군과 국정원이 협조할 때는 정태섭 부원장을 통하게 되어 있소.]

"그럴 시간이 없습니다."

[그렇다면 이제부터 우리 수방사에서 이번 사건을 맡겠소.]

강찬은 나직하게 숨을 들이마셨다.

"확실하게 하시죠. 이곳에서 C4가 무조건 터집니다. 수방사라면 어떻게 대응할 겁니까?"

[우리는 C4를 터트리기 전에 막을 수 있소!]

화를 억누르면서 하는 답이었다.

"사령관님, 이쪽도 진압은 가능합니다. 하지만 요원들의 희생과 애꿎은 민간인의 희생이 따르고, 그것이 바로 적이 원하는 일입니다. 상황에 끌려가지 말고, 한 번이라도 좋으니까 저 개새끼들이 맥 빠져서 뒈지게 해서, 우리도 대원들과 요원들에게 자부심 넘치는 작전을 하려는 겁니다! 민간인들만 피하면 됩니다! 그걸 못해서 애꿎은 대원들과 요원들에게 죽으라고 할 수 있습니까?"

답이 없고 거친 숨소리만 들렸다.

"그래도 원하시면 수방사에 작전을 넘기겠습니다."

김형정이 빠르게 강찬을 보았고, 석강호가 히죽 웃으며 창밖으로 시선을 던졌다.

[이번 작전으로 발생하는 모든 문제는 전적으로 국가정보원 대테러팀의 책임이오.]

"알겠습니다."

[35여단이 이미 도착해 있소.]

"김형정 팀장의 지휘를 받으면 됩니다."

달칵.

거칠게 전화가 끊겼다.

강찬은 수화기를 김형정에게 넘겨주었다.

"경찰은 어떻게 됐습니까?"

"외곽 지역은 이미 강제 대피 중입니다. 워낙 힘 있는 사람들이 많아서 시끄러운 모양입니다."

강찬은 피식 웃고 말았다.

힘이 아니라 세상없어도 C4의 위력을 이기는 사람은 아직 못 봤다.

김형정이 35여단에 주변을 대피시키라는 명령을 전달할 때였다.

치잇.

[2층 3시 방향 창에 목표물. 저격 가능.]

느닷없는 무전이 들려왔다.

치잇.

[반복한다. 2층 3시 방향, 저격 명령 대기.]

"가 볼 테니까 주변이 비워지면 알려 주세요."

"알겠습니다."

강찬은 석강호와 함께 대테러팀이 있는 곳으로 움직였다.

"방탄유리요?"

그걸 알 방법은 없다. 하지만 적어도 위민국이 저격을 몰라서, 혹은 대책 없이 창가에 서지는 않았으리라는 생각은 들었다.

치잇.

[오른손에 스위치를 잡고 있습니다.]

이 새끼!

상황을 눈치채고 최대한 끌어들이려는 거다.

혼자 죽지는 않겠다고 이럴 정도라니? 깡다구 하나는 인정이다.

강찬은 빠르게 왼손 소매에 달린 무전기 버튼을 눌렀다.

치잇.

"저격수 대기."

치잇.

[저격수 대기.]

무전을 마친 강찬은 천천히 담을 타고 걸음을 옮겼다. 당연하게 석강호가 오른편 뒤에서 따라 걸었고, 이곳까지 안내했던 요원이 왼편을 함께 걸었다.

강찬은 담에서 천천히 뒤로 물러났다.

옥상이 보이고, 다음은 2층의 창이 천천히 모습을 드러냈다. 2층 창은 비행기의 캐노피처럼 돌출된 형태였다.

20미터쯤 되는 거리다.

'위민국?'

강찬은 고개를 비스듬하게 틀며 시선을 올렸다.

위민국은 오른손에 기폭 장치가 분명한 사각 틀을 쥐고, 왼손 검지와 중지를 편 채로 들어 보였다.

개새끼가 이런 순간에 'V자'를 그린 건 아닐 테고?

두 놈? 강찬과 석강호를 들어오라는 건가?

시선이 똑바로 마주친 순간이었다.

'들어올래? 그럴 수 있어?'

위민국이 자신만만한 미소를 지으면서 어쩔 거냐는 투로 강찬을 보았다.

완벽한 도발이었다.

피식.

강찬은 특유의 웃음을 웃었다.

거기에 있는 걸 알면 됐다.

이글라 아니라, 세상없는 걸 가져와서라도 아예 건물째 시원하게 날려 주마.

서울 한복판에서 폭발이 있는 것을 잠깐 걱정했었는데, 그거 없던 걸로 한다.

네가 이곳에서 지랄한 만큼 북한 한복판에서 똑같이 해 주마!

못할 거라고?

대한민국 특수팀은 그럴 깡이나 실력이 없다고?

그건 얼른 뒈져서 장광택에게 물어봐.

강찬은 위민국을 똑바로 본 채로 소매를 들었다.

치잇.

"바렛은?"

치잇.

[준비되었습니다.]

이번엔 강찬이 고개를 갸웃하며 위민국을 보았다.

정말 궁금하다.

우리가 복수하지 못할 거라는 믿음은 도대체 어디서, 어떻게 기어 나오는 건지 속을 한번 뒤집어 보고 싶었다.

강찬은 위민국을 똑바로 보며 천천히 말을 뱉었다.

"씨발 놈아, 반드시 평양의 건물 하나를 무너트려 주마. 장광택에게 가서 안부 전해."

위민국이 강찬의 입과 눈을 번갈아 보며 믿기지 않는다는 표정을 지을 때였다.

부우우웅! 끼이익!

검은색 승합차가 달려와 서고, 요원 넷이 바렛 M82A3 두 정을 승합차의 창문에 고정했다.

바렛은 길이가 1미터 50센티미터가량 되는 총이다.

박스형 탄창에 10발이 들어가는데, 탄알이 귀엽게 생긴 대포알 수준이다.

방탄유리?

방탄조끼나 심지어 어설픈 콘크리트 벽도 뚫는 놈이다.

위민국이 급하게 스위치를 들어 보이며 한 걸음 뒤로 물러났다.

이럴 줄 몰랐겠지?

협상을 하는 척하면 얼렁뚱땅 의협심에 들어가서 죽어 줄 줄 알았겠지?

개새끼야!

이런 거? 매번 얘기하는데 아프리카에서 지겹게 해 봤다.

물론 진심으로 협상을 원할 수도 있다. 다른 속이나 계산이 있을 수도 있는 거니까.

그런데 저 개새끼와 협상을 하게 되면 억울하게 죽은 최성곤과 비명과 고통을 참고 참아 가며 죽어 간 이유슬의 아버지를 팔아야 한다.

위민국의 입이 커다랗게 움직였다.

"나. 를. 보. 내. 주. 면."

치잇.

[조준 완료.]

승합차에 바렛을 설치한 요원의 무전이 들린 직후였다.

"남. 조. 선. 의. 간. 첩. 을. 알. 려. 주. 마."

감시 카메라와 승합차에서 나온 대원들 모두가 위민국의

입이 말하는 바를 분명하게 알았다.

강찬은 천천히 왼손을 들어 입에 가져갔다.

치잇.

"최성곤 장군을 다들 알고 있으리라 믿는다. 이유슬의 아버지도. 나는 이 자리를 책임지는 대테러 팀장으로 어떤 희생이 따르더라도 위민국을 사살하겠다."

대원들이 빠르게 강찬을 보았고, 위민국은 '저 미친놈이 뭐라는 건가?' 하는 표정이었다.

치잇.

"이제부터 대한민국 국가정보원 대테러팀과 우리 군 특수팀은 적의 어떤 도발에도 무조건 응징과 그에 상응하는 복수를 기본으로 삼는다."

석강호가 히죽 웃으며 바렛의 거대한 총구를 보았을 때였다.

치잇.

[반경 30미터는 완전히 비웠습니다.]

김형정의 다급한 무전이 들려왔다.

강찬의 눈빛을 본 위민국이 빠르게 입을 움직였다.

"간. 첩. 중. 한. 명. 을. 불. 러. 주. 마!"

"늦었어, 이 개새끼야!"

강찬의 고함을 주변의 모든 요원이 똑바로 들었다.

치잇.

"전 요원, C4폭발에 대비한다. 바렛 사격을 시작으로 저격수 사격해라. 우리의 목표는 무장간첩 위민국의 확실한 사살이다."

화다닥!

위민국이 안으로 뛰어드는 순간이었다.

치잇.

"사격!"

강찬의 명령이 떨어졌다.

투웅! 퍼억! 투웅! 퍼억!

푸슝! 푸슈슝! 푸슈슝! 푸슈슝! 푸슝!

대기하고 있던 대테러팀 요원들이 일제히 사격을 가했고,

투웅! 퍼억! 투웅! 퍼억! 투웅! 퍼억! 투웅! 퍼억!

바렛이 창과 현관, 2층의 베란다 문을 사정없이 부쉈다.

외곽의 담벼락이 워낙 크고 굵어서 당장 C4가 터져도 담 밖으로 충격이 전달되기는 어려운 구조였다.

이런 집은 그래서 폭발이 위로 튄다.

투웅! 퍼억! 투웅! 퍼억!

조용한 주택가라 그런지 바렛의 발사음이 대포 소리를 멀리서 듣는 것처럼 들렸다.

퍼억! 퍼억!

2층 창틀이 완벽하게 부서지는 순간이었다.

콰으으으웅! 퍼석! 파자작!

엄청난 굉음과 함께 주택의 잔해가 사방으로 날아갔다.

철푸덕! 철픽!

강찬과 석강호는 누군가 뒤로 던진 것처럼 바닥에 처박혔다.

부스스스!

그리고 시멘트 가루와 흙가루, 각종 파편이 두 사람을 덮쳤다.

개새끼! 장광택에게 안부 꼭 전해 줘.

고개를 털어 내면서 강찬은 피식 웃었다.

⚜   ⚜   ⚜

"취소하셔야 합니다!"

국가정보원 부원장 정태섭은 눈과 볼이 붉게 물들어 있었다.

"고등학생입니다. 괜찮다고 하셨지만, 완벽하게 투항할 의사가 있는 주요 인물을 상대로 서울 한복판을 전쟁터로 만들어 버렸습니다. 해외 언론을 들먹이지 않더라도, 당장 우리나라는 전쟁 상황에 놓인 모양새가 되었습니다."

황기현은 묵묵하게 듣고만 있었다.

"이걸 쉽게 생각하시면 안 됩니다. 이미 한두 번이 아닙니다. 이러다가 정말 전쟁이 일어납니다. 원장님! 고등학생을 특수요원으로 분류하신 것까지는 참았지만, 이건 아닙니다. 수도방위사령부를 포함한 군에서도 더는 지켜볼 수 없다는 입장입니다."

황기현이 계속 듣고만 있어서 부원장 정태섭은 무언가를 말하려다 한숨을 내쉬며 입을 닫았다.

잠시 침묵이 흐른 다음이었다.

황기현의 제1접견실은 도청을 막기 위해 내부에 3개의 신호 탐지기와 저주파 발사기 2대를 설치해 두었을 뿐, 다른 장식은 전혀 없었다.

"만약 원장님께서 그래도 강찬 부원장을 인정하신다면 저는 자리에서 물러나겠습니다. 이것이 군에서 국가정보원에 보내는 마지막 경고입니다."

황기현은 정태섭의 독 오른 눈매를 보면서 아무 말도 하지 않았다.

⚜   ⚜   ⚜

"하하하!"

라노크의 커다란 웃음이 그의 집무실에 가득했다.

"DIA의 두 번째 계획이 완전히 무너졌구나!"

감탄인지 탄성인지 모를 말을 건넨 라노크는 또다시 통쾌한 웃음을 웃었다.

[부총국장은 DIA의 음모를 전혀 짐작하지 못하고 있었을 거예요.]

"그렇겠지! 그렇지만, 그 용기와 결단에는 진심으로 박수를 보낸다. 어쩌면 이것이 본국에는 기회가 될지 모른다. 이 시간 이후로 한국의 국가정보원에 제공하던 1급 정보를 차단해라."

　[알겠습니다. 그런데 부총국장에게는 어떻게 할까요?]

"당연히 무슈 강에게는 모든 정보를 제공한다. 한국이 그를 외면하더라도 결국 결정은 무슈 강의 몫이지. 무슈 강은 그런 남자다."

　진지한 말을 마친 라노크는 또다시 웃음을 참지 못했다.

"브랜든이 죽을 맛이겠군."

　[DIA, CIA, 심지어 FBI까지 부총국장에 관한 정보를 다시 수집한다는 정보가 들어왔어요.]

"정보국의 모든 라인을 동원해서 그들이 수집하는 정보에 혼선을 일으킬 수 있도록."

　[알겠습니다.]

　전화를 내려놓은 라노크는 다시금 재미있다는 미소를 지었다.

"바실리가 편치 않겠군. 이대로 무슈 강이 프랑스의 영광을 위해 일할 수 있게 된다면 더 바랄 것이 없겠는데."

　라파엘이 조심스럽게 라노크의 잔에 홍차를 채워 주었다.

⚜️   ⚜️   ⚜️

"분위기가 심상치 않습니다."

병원의 공원 벤치에 앉은 최종일에게 우희승이 나직하게 말을 건넸다.

"요원들과 증평의 대원들이 전폭적으로 부원장님을 지지하는 것도 다른 간부들의 심기를 불편하게 하는 요인으로 보입니다."

"담배 있냐?"

최종일은 엉뚱한 소리와 함께 손을 내밀었다.

"여기 있습니다."

우희승이 담뱃갑을 디민 다음 라이터를 꺼냈다.

찰칵.

"후우!"

최종일이 뿜은 담배 연기가 겨울바람을 타고 삽시간에 사라졌다.

"우리는 명령만 보면 된다. 주변이 어떻게 돌아가는지, 마음이 누구에게 쏠리는지는 전혀 고민할 문제가 아닌 거다."

최종일은 다시 담배를 한 모금 빨아들이고는 바로 재떨이에 던져 버렸다.

무언가 대꾸하려던 우희승이 입을 다문 순간이었다.

"검찰에서 지랄할 때 생각나지?"

"예."

"우리 임무가 뭐냐?"

"부원장님을 지키는 일입니다."

"그런데 그렇게 다른 곳에 눈 돌릴 시간이 있어?"

우희승은 아차 하는 표정이었다.

"다음 주에 퇴원한다. 그때까지 네가 책임지고 부원장님을 지켜 드려라. 우리는 임무만, 그리고 우리에게 주어진 명령만 본다."

만족한 것처럼 우희승이 씨익 웃은 다음이었다.

"더 할 말이 있어?"

"중요한 일을 놔두고 와서 가 봐야 할 것 같습니다."

"비번이라면서?"

"목숨을 건 일이라서 그런 거 신경 안 쓰고 있었습니다. 갑니다."

자리에서 일어나는 우희승을 보며 이번엔 최종일이 씨익 웃었다.

⚜ ⚜ ⚜

푸슝! 푸슝! 푸슝!

모형 도시에 특수팀의 소총 소리가 연달아 울렸다.

치잇.

[건물 1동 폭파!]

치잇.

[건물 2동 폭파!]

진입로에 세워 둔 지프에 앉은 차동균이 스톱워치를 꾹 눌렀다.

부관이 고개를 기울여 시간을 확인한 후에 재빨리 훈련 일지에 적었다.

치잇.

"오전 훈련을 종료한다. 대원들 입구로 집합."

차동균의 무전이 있고 얼마 지나지 않아 대원들이 입구로 모여들었다.

"16분 걸렸다. 세계적인 수준이라고 했으니 우리 실력이 그 정도인 것은 맞을 거다. 16분이면 세계적인 수준 맞다. 하지만 우리는 그보다 더 뛰어난 실력이, 능력이 필요하다."

차동균의 눈빛만큼이나 대원들의 눈빛도 이글거리고 있었다.

"우리 대신 위민국을 상대하며 했다던 말씀을 잊지 말자. 이제부터 우리 특수팀은 무조건 응징을 첫 번째 목표로 삼는다. 지치고 힘들면 누구든 빠져도 괜찮다. 나를 비롯해 누구도 비웃거나 무시하지 않는다. 이해한다! 우리 목표가 그만큼 힘들고 어려운 곳에 있기 때문이다."

차동균이 이를 꽉 깨물고 대원들을 천천히 돌아보았다.

"하지만!"

그리고 악을 쓰는 것처럼 다시 입을 열었다.

"나는 대한민국의 특수팀이 세계 최강이 되는 그날을 위해 목숨을 걸겠다! 그것이! 최성곤 장군님이 바라시던 일이고! 먼저 간 동료들에게! 내가 보일 수 있는 최고의 예우이기 때문이다!"

아직 이렇게 악을 쓸 만큼 상처가 낫지 않았다.

그래서 부관은 차동균이 다시 이를 악물고 숨을 들이마실 때, 힐끔 그의 상처를 살폈다.

"빠지고 싶은 대원!"

"없습니다!"

모형 도시에 쇳소리 가득한 고함이 쩌렁쩌렁 울려 나왔다.

"지금부터!"

결국, 차동균의 상처를 싸맨 붕대로 피가 배어 나오기 시작했다.

"최성곤 장군님께!"

부관은 울컥 올라오는 감정을 감추기 위해 고개를 바깥쪽으로 돌렸다.

"우리의 각오를 들려 드린다!"

대원들이 벌겋게 달아오른 눈으로 차동균의 다음 명령을 기다렸다.

"우리의 구호!"

"나의 피로! 조국을 지킬 수 있다면! 나는 행복하다!"
대원들의 외침이 아프게 모형 도시를 향해 날아갔다.

⚜   ⚜   ⚜

강찬은 11시 20분에 프랑스 대사관의 집무실에 들어섰다.
약속보다 일찍 도착해서 잠시 시간을 갖고 싶다는 생각을 전했고, 라노크 역시 찬성했던 일이었다.
"강찬 씨!"
라노크가 흥미로운 표정으로 강찬의 얼굴을 살폈다.
이마에 두 곳, 그리고 볼에 한 곳, 볼썽사납게 밴드를 붙이고 있어서 보기 좋은 얼굴은 아니었다.
"후회하지는 않습니까?"
서울 한복판에서 집 한 채가 날아가고, 반경 100미터 내외의 모든 유리창이 날아간 엄청난 사건이었다.
강찬은 그냥 멋쩍게 웃는 것으로 답을 대신했다.
"앉으시죠."
홍차를 따라 준 라노크가 자연스럽게 담배를 권했다.
"DIA가 곽도영을 통해서 한국에 있던 미국의 정보원 몇을 희생시킬 계획이었습니다."
찰칵.
강찬의 담배에 불을 붙여 준 라노크는 말을 멈추고 기다란 시가를 뻑뻑 빨아들이며 불을 붙였다.

"위민국을 통해서 강찬 씨에게 제동을 걸고 간첩들 명단으로 한국 사회가 어수선해지길 바랐던 거지요. 거기에 북한과 일본이 동조하면 제법 바라던 일들을 이루었을 겁니다."

처음 듣는 내용이었는데 워낙 이런 일들을 자주 접해서 그런지 그다지 놀랍지도 않았다.

"미국은 지난번 아프가니스탄의 지휘관이 강찬 씨인 것을 자연스럽게 발표해서 손발을 묶을 생각이었던 거지요."

"그런 건 그냥 발표해도 되지 않나요?"

"명분이 없습니다. 그래서 공작이라는 말이 나오지요. 북한과 위민국을 통해서 강찬 씨가 위험한 인물이라고 낙인찍으려던 계획이었습니다. 그걸 미국이 직접 발표하면 의도까지 알려지게 되어서 오히려 손해를 봅니다."

"미국의 의도가 뭔지 아시나요?"

"한국에서 강찬 씨의 힘을 제거하고 싶은 겁니다."

"제가 그 정도 영향력이 있습니까?"

강찬이 웃으며 던진 질문이다. 그런데 뜻밖에도 라노크는 진지한 눈빛으로 받았다.

"각국 정보국이 가장 위험인물로 꼽는 사람입니다. 아마 미국은 한 번 더 기회를 노릴 겁니다. 강찬 씨가 절대로 거부하지 못할 제안이 있겠지요."

"정보총국에서 알아낼 서 아닌가요?"

"어렵습니다."

이건 정말 예상을 빗나가는 답이다.

"강찬 씨, 미국을 가볍게 생각해서는 곤란합니다. 지금은 힘이 빠진 것처럼 보이지만, 그렇더라도 저들은 자국의 이익에 반하는 인물이나 국가를 절대로 지켜보는 곳이 아닙니다. 막대한 경제력과 정보력, 그리고 그것들이 만들어 낸 영향력이라면 정보총국과 국가정보원이 온 힘을 다해야 하는 싸움이 될 겁니다."

강찬은 나직하게 한숨을 내쉬었다.

원하는 건 강해지는 건데 어떻게 된 게 항상 그보다 강한 적이 먼저 나타나는 꼴이다.

"만약 강찬 씨가 정보총국의 부총국장이 아니었다면 미국은 반드시 아프가니스탄에서 강찬 씨를 제거했을 겁니다. 이건 확실한 증거가 있는 일입니다."

염병!

강찬은 대뜸 욕이 먼저 떠올랐고, 다음으로 미운 놈의 이름과 얼굴이 떠올랐다.

"이튼은 어떻게 됐나요?"

"영국으로 돌아갔습니다."

라노크의 눈이 의미심장하게 빛나고 있어서 강찬은 더 묻지 않았다. 이 정도 눈빛이라면 알아서 했으리란 믿음도 있었다.

라노크가 살려 두었다면 다 이유가 있는 거다.

강찬의 속을 읽은 것처럼 라노크가 미소 지었다.

"이튼은 아직 이용 가치가 충분합니다. 그렇지 않았다면 아마 미국에서 이곳으로 오지도 못했을 겁니다."

"대사님께서 결정하신 일입니다."

라노크가 멋진 미소를 다시 보여 줄 때였다.

"양범 씨가 오셨습니다."

라파엘이 조용하게 문으로 들어서며 말을 건넸다.

라노크와 자리에서 일어서는 순간에 양범이 안으로 들어왔다.

"대사님, 강찬 씨, 오랜만입니다."

"이제는 정보국장이라고 불러 드려야 하나요?"

"대사님이 그러시면 곤란합니다."

잠시 못 본 사이에 양범은 실제로 정보국장의 무게를 담은 모습이었다. 눈빛과 표정, 심지어 동작이 다른 사람처럼 바뀌어 있었다.

"강찬 씨."

양범이 단단한 눈빛으로 강찬을 향해 손을 내밀었다.

"멋진 활약이었습니다."

이런 건 웃으면서 넘어갈 수밖에 없다.

"괜찮으시다면 바로 식당으로 가실까요? 식사를 마치고 천천히 차와 담배를 즐기는 것이 어떨까요?"

"그렇게 하시죠."

라노크는 어느새 완벽하게 가면을 뒤집어쓴 표정으로 양범을 대하고 있었다. 하여간 저 재주는 정말 배워 둘 필요가 있을 것 같았다.

라노크의 안내로 식당으로 자리를 옮기자 대기하던 직원들이 빠르게 와인을 가져다주었다.

프랑스 식사에서 동양인이 가끔 하는 실수 중 하나가 주인이 와인을 따라 주고 났을 때 병을 받아서 주인의 잔을 채워 주는 일이다.

나름 성의를 보인다고 하는 짓이다.

게다가 자기가 선물로 사 간 와인이라면 더욱 그렇다.

그런데 프랑스 식사 예절에서 와인을 따라 줄 수 있는 사람은 주인이나 초대한 주인공인 거다.

처음 프랑스에 갔을 때가 떠올라 강찬은 가끔 이런 자리에서 웃음이 나온다.

"무슨 재미있는 일이 있나요?"

강찬은 처음 프랑스 식사에 초대받았을 때의 일을 이야기했다.

"그때가 언제인가요?"

그런데 양범의 질문을 받으며 덜컥 말문이 막혔.

시기가 맞지 않는 거다.

거기에 양범의 눈빛이 무언가를 잡으려는 것처럼 빛나

는 것도 보았다.

"얼마 되지 않았습니다."

강찬은 나름 뻔뻔스러운 얼굴로 답을 했다.

필요하다면 가면을 쓸 거다. 그래서 강해질 수 있는 거라면 3개고, 4개고 뒤집어써서라도 내 사람을 지켜 낼 거다.

"자! 모처럼의 만남을 위해 건배합시다."

쨍!

셋이서 각자의 가면을 쓴 채로 와인을 마셨다.

"위민국의 일은 유감입니다. 공연히 강찬 씨에게 부담만 지웠습니다."

"잘 처리되었습니다. 비록 이런 훈장을 얻었지만요."

강찬이 얼굴에 붙인 밴드를 가리키는 바람에 셋이서 함께 웃었다.

뒤이어 애피타이저가 나오면서 식사가 진행됐다.

양고기 스테이크를 썰던 강찬은 생각난 것이 있는 것처럼 양범에게 시선을 주었다.

"바실리와 만날 일이 있다고 하셨는데 내용을 들을 수 있을까요?"

입에 고기 조각을 넣은 양범이 냅킨을 들어 입술을 찍었다.

"몽골 지역에 출론크로루트 지역은 중국과 러시아, 그리고 몽골이 겹쳐 있습니다. 러시아에서는 자바이칼스키라고 부르는 지역입니다."

가슴에 담기는 놈들은 • 71

와인을 들어 입을 적신 양범이 강찬에게 시선을 주었다.

"전략의 요충지입니다. 러시아도 우리도 포기하지 못하는 곳입니다. 최근에 러시아는 방법을 바꿔서 마피아를 그곳으로 보내고 있습니다. 명목은 데나다이트의 채굴입니다."

데나다이트?

블랙헤드의 부족한 에너지를 채우기 위해 사용했다는 광물의 이름이다.

강찬은 눈빛을 빛내며 양범을 보았지만, 뭔가를 알고 이러는 건지, 우연인지 알 길은 없었다.

"노천 광산이라고 들어보셨습니까?"

"아니요. 처음 듣습니다."

양범이 고개를 끄덕였다.

"그 지역은 지표에서 1미터만 파도 광석이 깔렸습니다. 그것도 반경 50킬로미터에 걸쳐 있어서 굳이 지하 갱구를 팔 이유가 없지요."

"몽골 땅에 있는 광산이라면 소유권에 문제가 있지는 않을 것 같은데요?"

"몽골의 국경 수비대장이 러시아의 마피아를 감당하지 못합니다."

강찬도 포크와 나이프를 내려놓고 입을 닦으며 양범의 이야기에 집중했다.

"우리가 끼어들면 러시아와 우리는 국지전이 일어날 수

있습니다. 그래서 그 지역의 데나다이트 개발권을 제3국에 팔 예정입니다. 조건은 간단합니다. 러시아 마피아를 이겨낼 수 있는 조직이 들어와야 합니다."

바실리가 지랄 꽤나 하겠는데?

강찬은 차가운 바실리의 눈매가 떠올라 피식 웃었다.

그 전에 확인할 것이 하나 있었다.

"데나다이트는 어디에 사용하는 건가요?"

"여러 곳에 사용합니다."

양범이 의미심장한 눈빛을 하고는 천천히 입을 열었다.

"글라보나이트, 밀라보나이트, 데나다이트의 순으로 농도가 짙은데 가장 흔한 것으로는 염색과 탈색, 그리고 세척에 사용합니다. 중국과 유럽, 그리고 미국은 이제 석유화학에서 나온 황화소다를 사용하지 못하게 되어 있어서 데나다이트의 수요는 엄청납니다."

일부러 이런 답을 하는 건가?

강찬은 데나다이트라는 것이 정말 양범의 말대로 사용되는 것인지 의심스러울 지경이었다.

"데나다이트는 원래 물렁물렁한 광물입니다. 이것을 알코올에 넣으면 다이아몬드만큼 강한 물질로 변합니다. 그리고 우리가 알지 못하는 에너지를 뿜어내지요."

강찬은 고개를 끄덕이며 와인을 한 모금 마셨다.

"그 상태에서 세티늄과 결합하면 엄청난 폭발력을 보이

는데, 러시아는 세티늄을 보유하고 있어서 중국은 그걸 지켜보기 어렵습니다."

"러시아가 광산을 살 수도 있지 않나요?"

"몽골은 우리의 영향력을 무시할 만큼 경제가 단단하질 못합니다."

대강 알 것 같았다.

겉으로 드러난 것이 이렇다면 이 안쪽에는 분명 블랙헤드와 관련된 무언가가 숨어 있는 거다.

"강찬 씨, 바실리는 강찬 씨를 대놓고 막지 못합니다. 철도로 운송해야 하기 때문에 유니콘의 연장선이라는 명분도 있습니다. 그렇게 생산된 데나다이트를 현지에서 바로 황화소다로 만들어 수출하면 됩니다. 공장을 설립하는 초기 비용이 들지만, 아마 1년에 한국 돈 3천억 이상의 수익이 나올 겁니다."

"러시아 마피아를 이겨 낸다는 조건이 붙겠군요."

"미국과 캐나다의 광산 회사들이 달려들지 못하는 표면적인 이유가 그것입니다."

"미국이라면 바실리가 그렇게 겁나지 않을 텐데요?"

"미국은 우리와 러시아가 함께 막아 냅니다. 그들은 데나다이트에 세티늄을 결합하고 싶어 하니까요. 그리고 어떤 이유에서든 군이나 정보국이 개입하면 바실리가 그걸 핑계로 압박을 가할 겁니다."

"특수팀에서 전역한 사람은 괜찮지 않나요? 러시아 마피아도 어차피 정보국이나 군 출신일 텐데요?"

"그 정도라면 괜찮습니다."

"공장을 설립하는 데 드는 비용은 얼마나 될까요?"

"한화로 대략 600억쯤 들어갈 겁니다."

"급한 일입니까?"

"지금도 러시아 마피아가 대놓고 데나다이트를 걷어 가는 형편입니다."

강찬은 고개를 끄덕였다.

"제가 데나다이트에 세티늄을 결합할 거란 생각은 안 하시나요?"

라노크가 서양 가면 같은 표정으로 양범을 보는 순간이었다.

"강찬 씨는 그렇게 하지는 못할 겁니다. 어떤 에너지의 파동이 일어날지 아무도 모를 일이라서 그렇습니다. 그리고 러시아와 우리는 그 에너지 파동만으로도 강찬 씨가 데나다이트에 세티늄을 결합했는지 아닌지를 알 수 있습니다."

이 새끼들이 다 알고 있었던 거네!

강찬은 새삼 정보국 놈들이 무서웠고, 이런 상황에서 위민국 따위의 일로 의견이 갈라지는 국가정보원의 수준이 아쉬웠다.

대강 마음은 굳었다.

그리고 떠오르는 놈도 하나 있었다.

이런 일에 딱 맞을 깡패 새끼!

"계약은 어떻게 진행하면 됩니까?"

"회사를 정해 주시면 몽골 자원부에서 연락이 가도록 하겠습니다. 하지만 적어도 계약 전에 바실리와 기본적인 협상을 하시는 게 좋습니다."

강찬을 똑바로 바라본 채로 양범이 말을 이었다.

"희생을 한 명이라도 줄이는 데 그게 가장 좋은 방법일 겁니다. 도움을 주시겠습니까?"

양범은 와인 잔을 강찬의 앞으로 내밀었다.

이럴 때 라노크를 세워 주고 싶었다.

특히나 그를 납치했던 중국이다.

강찬의 시선을 받은 라노크가 알아서 하라는 의미로 미소를 보냈다.

강찬은 와인 잔을 들었다.

"멋진 사업을 추천해 주셔서 고맙습니다."

라노크가 재미있다는 표정으로 와인 잔을 들었다.

쨍!

절반도 먹지 않은 식사가 그렇게 끝났다.

이왕 식탁에 자리 잡았다.

직원들이 테이블을 깨끗하게 정리하고 커피와 홍차, 그리고 재떨이를 준비해 주었다.

"왜 중국에서 마시면 이런 맛이 나지 않을까요?"

"보이차가 그렇더군요. 환상적인 맛이 기억나서 구해 왔는데 막상 이곳에서 마시면 그 맛이 나질 않습니다."

강찬은 떠오르는 차가 없었다.

그리고 봉지 커피는 언제 어디서 마셔도 맛이 항상 같다. 단맛!

"대사님, 미국이 UN을 움직일 것 같습니다."

라노크가 흥미롭다는 눈빛으로 양범을 보았다. 이건 확실히 구렁이도 모르고 있던 일이라는 뜻이다.

"아프리카의 뿔에서 대규모 내전이 일어납니다."

"소말리아 말이군요."

양범이 고개를 끄덕였다.

"프랑스 외인부대를 시작으로, 각국의 특수팀을 모조리 아프리카의 뿔에 모아 놓고 내전을 상대하려는 계획인 것 같습니다. 역시 목표는……."

양범이 강찬을 확실하게 보았다.

"새로운 영웅이 그들에게는 부담스러운 모양입니다."

아직 몽골 사업도 시작하지 않았다.

뭘 미국 놈들 때문에 아프리카에 가겠나?

강찬의 눈빛을 읽었는지 양범이 말을 이었다.

"한국 정부와 군에서 강찬 씨를 부담스러워하는 이들이 이번 파병에 동의할 겁니다. 그렇게 되면 강찬 씨를 따르던 요원들과 대원들이 거의 포함된다고 보시면 맞을 겁니다."

피식.

강찬은 고개를 갸웃했다.

한국이 아프리카에 파병을 한다? 그것도 전투부대를?

아무튼, 조심할 필요는 있는 일이다.

이런 인간들을 상대하려면 정말이지 국가정보원과 군의 수준이 훌쩍 높아져야 할 것만 같았다.

양범은 하고 싶은 말을 모두 한 얼굴이었다.

"담배나 하나 피울까요?"

그래서인지 홀가분한 표정으로 강찬에게 담배를 권했다.

찰칵.

불을 교대로 붙이고 나자 좀 더 여유가 생겼다.

"강찬 씨, 정보국은 부침이 심합니다. 대사님이 계신 곳에서 말씀드리기는 뭐하지만, 누구도 살아 있을 거라는 자신을 할 수 없는 세상입니다. 특히 수장의 자리는 더욱 그렇습니다."

라노크가 시가의 연기를 뿜어내며 양범을 지켜보는 앞이다.

"나 역시 마찬가지입니다. 강찬 씨의 도움으로 이 자리에 있지만, 언제 등에 총을 맞을지도 모릅니다. 이번에 위민국의 사건으로 본국 정보국 내에서 강찬 씨에게 반감을 가진 이들도 상당수 되는 것이 현실이기도 합니다."

강찬은 담배 연기를 뿜으며 고개를 끄덕였다.

아무렴 공항을 폭파하고, 중국 요원인 위민국을 죽인 강찬을 좋아하기는 어려울 일이다.

"나는 분명 대사님을 지지합니다. 그렇다면 강찬 씨가 좀 더 빨리, 좀 더 강한 힘을 가질 필요가 있습니다. 당장 우리 공통의 적은 미국이 될 것이고, 그 뒤에 숨은 적이 실제로 움직이면 지금 상태로는 감당하기 어렵습니다."

"유니콘 때문인가요?"

"세계 경제가 나뉘는 문제입니다."

"미국보다 강한 적이 있다는 게 믿기지 않아서 그렇습니다."

"미국의 돈을 흔드는 주인공이 누구인지를 알면 간단한 문제입니다."

강찬은 그냥 웃음이 나왔다.

사방이 강력한 적투성이다.

이럴 거면 영국의 이튼을 꼬드겨서 지층 충격기를 한국에 하나 장만하는 것이 좋을 것 같다는 생각도 했다.

말 안 듣는 새끼들이 있는 나라에 지진을 확!

아서라, 아무것도 모르는 일반인들은 무슨 죄가 있겠냐?

강찬의 표정을 읽었는지 라노크와 양범이 동시에 웃음을 터트렸다. 아직 가면을 쓰고 있는 것에 익숙하지 않다는 의미처럼 보였.

"그런데 아프가니스탄에서의 활약 때문에 우리 스노우 울프에서도 한동안 말이 돌았습니다. 장강린은 아예 강찬 씨의 열렬한 팬이 된 느낌이어서 불안하기도 합니다. 공항에서의 활약은 전해 듣기만 해서 실감이 안 나더니, 직접 보고 나니까 겁도 납니다."

어쩌면 인간이 전혀 겁먹지 않는 얼굴로 저런 소리를 지껄이는 건지, 그저 웃음만 나왔다.

"이제 가 봐야겠습니다."

"벌써요?"

"맛있는 점심과 유익한 대화를 나누었으니 이제 집안을 둘러봐야지요. 자리를 오래 비우면 책상이 없어지고, 관이 놓입니다."

섬뜩한 대화였는데 전혀 농담처럼 들리지는 않았다.

자리에서 일어서는 양범을 배웅하기 위해 강찬과 라노크도 몸을 일으켰다.

얼핏 보면 옆 동네 중국 대사관에 가는 사람처럼 보였다.

"대사님, 오늘 점심 고마웠습니다."

양범이 능숙하게 라노크와 프랑스식으로 인사를 나눈 후에 강찬에게 몸을 돌렸다.

"강찬 씨, 중국 정보국장 양범은 강찬 씨를 지지합니다. 이 점을 잊지 말아 주시기 바랍니다. 가장 어려운 때 나는 강찬 씨를 떠올릴 겁니다. 명심해 주십시오. 가장 어려울 때입니다."

 강찬은 웃음기를 지우고 양범의 눈을 똑바로 보았다.

 씨익.

 그런데 양범이 보기 좋은 웃음을 웃었다.

 "강찬 씨의 눈을 보고 있으면 어쩐지 든든합니다. 가끔은 그 눈을 보러 오겠습니다."

 악수를 할 줄 알았는데 양범은 프랑스식으로 강찬을 안았다.

 그가 가고 나서 라노크는 강찬을 집무실로 안내했다.

 "일이 정말 많아졌군요."

 "그렇게 됐습니다."

 "부럽기도 합니다."

 "그렇다면 대사님을 모시고 다닐 방법을 생각해 봐야겠는데요?"

 라노크는 가면을 벗어 둔 얼굴로 웃었다.

 "대사님, 안느와 루이를 정보총국에 계속 두어도 됩니까?"

 "지금은 괜찮을 겁니다. 적어도 내가 무사하니까요."

 라노크가 괜찮다면 그런 거다.

 점심 한 끼 먹었는데 할 일을 산더미처럼 받은 느낌이었다.

 "강찬 씨."

 라노크가 불러서 강찬은 무심코 시선을 들었다.

 "괜찮다면 부총국장의 권한을 사용하세요. 적이 너무 많으면 견디기가 어려워집니다. 그리고 주변의 중요한 사람들을 대가로 내놓게 되지요."

"암살을 지시하란 말씀인가요?"

"방법은 부총국장이 찾아내야 합니다."

이런 진지한 눈빛은 오랜만에 본다.

강찬은 정말 궁금한 것을 묻기로 했다.

더 오래 두었다간 자꾸만 상상하며 결론을 낼 것만 같아서였다.

"대사님, 대사님의 정확한 지위를 알려 주실 수 있습니까?"

라노크는 전혀 당황하지 않은 얼굴로 강찬을 보았다.

"아직은 아닙니다."

그리고 느긋하게 입을 열었다.

"진정으로 힘을 가졌다고 느껴지면 그때 알려 드리기로 하지요."

강찬은 그 또한 편안하게 받아들였다.

이 사람도 가슴속에 있는 사람이다.

믿는다.

강찬의 눈을 바라본 라노크가 알기 어려운 미소를 눈에 담았다.

제3장

전설의 시작

오광택은 겨울 미결수 복장인 하늘색 상의에 3동 건물 2층 일곱 번째 방을 의미하는 '3상7'과 '1768'의 수번을 단 채로 복도 쪽 창 아래에 앉아 있었다.

 화장실이 안쪽에 있는 방의 구조상, 구치소와 교도소의 가장 상석은 당연하게 복도 쪽 창가 아랫자리다. 그런데 상석을 차지한 오광택의 맞은편에 앉은 이들은 모두 숨을 죽이고 눈치를 살피고 있었다.

 "형님."

 그때 복도로 난 창에서 부르는 소리가 들려서 오광택은 고개만 들었다.

 "식사하셨습니까? 형님?"

30대 초반의 덩치가 오광택에게 바로 인사하지 못하고 약간 비낀 곳을 향해 고개를 숙였다.

오광택은 시선만 슬쩍 들었는데 방에 있던 어린 깡패 둘이 잽싸게 일어나 창가의 덩치에게 인사했다.

"접견 다녀오겠습니다, 형님."

덩치가 또다시 비슷하게 방향을 틀어서 몸을 숙이고는 계단을 향해 움직였다.

3동 건물 상층에 있는 소위 '생활하는 깡패'들은 운동, 접견, 심지어 의무실에 갈 때도 모두 오광택에게 인사를 하고 간다.

그러니 오광택과 같은 방에 있는 이들은 잠시도 긴장을 풀지 못했다. 자칫 자세를 흐트리고 편하게 있다가 지나가던 깡패의 눈에 띄면 운동시간에 불려 가서 죽기 직전까지 얻어맞아야 하는 거다.

물론 대들거나 악을 써서 위기를 모면할 수도 있다.

그러나 서울의 강남을 차지한 오광택과 관련한 일에 덤벼들고 과연 인생이 무사하길 바랄 놈이 몇이나 되겠나?

그것도 이리저리 죄 깡패들과 연결되어서 살아가는 폭력범이라면 더더욱 말이다.

구치소의 분류상 오광택이 있는 방은 소위 '폭력방'이다. 이곳저곳에서 힘깨나 쓰고 독기 좀 부린다는 놈들이 몰려 있는 방인 거다.

그런 놈들이 오광택을 모른다고?

오히려 그들 눈에는 오광택이 저승사자보다 무서운 인물이었다. 거기에 오광택의 수발을 들기 위해서 방에 들어온 꼬마 조폭 둘이 눈알을 부라리고 있는 상황이다.

평소에는 그럭저럭 분위기가 나쁘지 않았다.

그저 재판에서 좋은 결과가 나와 얼른들 밖으로 나가라고 빗질을 문 쪽으로 하고, 재판받는 날 아침에 국이나 물에 밥만 덜컥 말아 먹지 않으면 크게 문제 될 일도 없었다.

굳이 하나 더 따진다면 드나들 때 문지방을 밟지 않는 것도 있었는데, 검방하러 온 교도관이 문지방을 안 밟으려고 버둥대며 나가는 형편이다. 그러니 감히 누가 있어 오광택이 있는 방의 문지방을 밟겠나.

물론 오광택 덕분에 누리는 혜택도 있었다.

아침과 저녁으로 취사장에서 몰래 보내 주는 소불고기, 시뻘건 돼지 불고기, 짬뽕 국물, 닭백숙, 탕수육, 심지어 수육까지 들어온다.

그 외에 휴일에는 입맛을 잃을까 봐 걱정된다면서 딸기, 족발, 보쌈이 들어오는 방이다.

먹는 것은 숫제 바깥보다 낫단 말이 나올 지경이었다.

그뿐인가?

다른 방에 있는 깡패들이 오뚝이를 이용해 끓인 찌개, 자장면, 비빔면, 오징어숙회 등을 보내 주는 통에 방에 앉은 이들은 모두 볼에 살이 통통하게 붙어 있었다.

지금껏 오광택은 방에 있는 이들에게 불편한 말 한마디, 인상 한 번 쓰지 않고 지냈다.

그런 그가 어젯밤부터 매섭게 눈빛을 빛내고 있는 거다.

아침에 근무 들어온 교위가 커피까지 들고 와서 위로했는데도 오광택의 눈빛은 풀리지 않고 있었다.

그때였다.

"형님."

오광택은 날카로운 시선만 들었다.

역시나 어린 깡패 둘이 일어나 새로 나타난 덩치에게 인사한 다음이었다.

"도석이 형님, 병원에 가셨습니다."

창가에 붙어선 덩치가 조용하게 말을 전했다.

벌떡!

오광택은 정말 빠르게 몸을 일으켰다. 그리고 철창을 손으로 잡았다.

"너 지금 뭐라고 그랬어?"

"도석이 형님, 병원에 가셨습니다. 지금 의무과에서 확인하고 온 길입니다."

오광택의 눈이 붉게 물든 것을 본 덩치가 빠르게 입을 열었다.

"강찬 형님이 힘을 쓰셨나 봅니다. 의무과 소지 애들이 그 형님 이름을 들었다고 전해 줬습니다."

"그 개새끼……!"

"이제 안심하십시오, 형님."

"도석이 상태는?"

"나갈 때 형님께 죄송해서 어떻게 하냐고 하셨답니다."

"니미! 병신 같은 새끼! 그럴 거면 처 아프질 말던가!"

바깥의 덩치는 대꾸할 말이 없는지 고개만 숙였다. 왼쪽 팔에 '총반장'이라고 쓰인 완장을 차고 있었다.

"형님, 다른 거 필요하신 건 없으십니까?"

"됐다. 고생했다."

"그럼 쉬십시오, 형님."

총반장이 고개를 깊게 숙이고 사라진 뒤에도 오광택은 자리에 앉지 않았다.

잠시 시간이 흐른 다음이었다.

"밖에 누구 있냐?"

오광택이 나직하게 입을 열자 휴게실에 있던 소지 두 놈이 축지법을 쓴 것처럼 창가에 나타났다.

"커피 한 잔 마실 테니까 물 좀 가져와라."

"예, 형님!"

오광택이 자리에 앉고 대신 어린 깡패 둘이 창가로 가서 뜨거운 물을 받았다.

방 안에 진한 커피 냄새가 가득 찼을 때였다.

"오광택, 접견."

3동 상층을 책임진 교위가 창가에서 오광택을 불렀다.

"장소 이동 접견, 강찬이라는데?"

이틀 만에 처음으로 오광택의 눈빛이 풀렸고, 어린 깡패 둘이 얼른 커피를 치웠다.

⚜ ⚜ ⚜

변호인 접견실에 들어선 오광택은 곧바로 강찬에게 다가와 맞은편에 앉았다.

"네가 도석이 병원에 데려갔냐?"

"병원은 교도관이 데려가지."

"장난하지 말고!"

오광택이 인상을 버럭 썼는데도 강찬은 피식 웃기만 했다.

"너야? 아니야?"

"오광택."

강찬이 나직하게 부르는 소리가 평소와 달라서 오광택은 더 묻지 못하고 있었다.

"피해자하고 합의하느라고 늦었다. 그 전에 도석이 병원에 보내려고 애써 봤는데 아무래도 특혜 시비 걸리면 다시 들어와야 한다고 해서 합의 먼저 했다."

"너, 이 새끼……."

"철범이하고 도석이는 오늘 중으로 보석 떨어질 거다."

오광택이 눈시울을 붉게 물들이며 이를 악물었다.

"너는……."

"나는 됐다. 도석이 병원 보내 준 것만 해도 고마운데, 철범이 보석까지 쳤다니까 나는 더 바라는 거 없다. 고맙다. 이거 죽을 때까지 안 잊으마."

강찬이 피식 웃는 것을 본 오광택이 '우후!' 하면서 감정을 가라앉힐 때였다.

"오광택."

"왜 이 새끼야? 고맙다고 했잖아?"

"너는 내일 보석 떨어질 거야."

오광택은 멍한 얼굴이었다.

"깡패 생활을 계속하겠다면 난 여기까지다. 대신 네가 말했던 다른 일을 하겠다면 하나 준비하긴 했다. 몽골에 가야 하고 이곳에서 싸웠던 것보다 처절하게 싸워서 이겨 내야 하는 일이다."

"너는?"

"처음엔 같이 있을 생각이다."

"알았다."

"뭘?"

"몽골에 가서 싸워야 한다며?"

"잘 생각해. 쉽지 않은 일이야."

"시끄러, 이 새끼야. 그런 일을 나보다 잘할 새끼가 있어?"

강찬이 픽 하고 웃었고, 오광택은 눈시울이 붉어진 채로 웃었다.

⚜   ⚜   ⚜

연말이어서 그런지 강대경은 강대경대로, 유혜숙은 또 유혜숙대로 정신이 하나도 없이 지냈다.

내일이 2010년의 마지막 날이다.

게다가 새로운 건물을 보고 온 강대경이 전시장을 옮기기로 해서 공연히 마음이 바빴다.

콰앙!

유혜숙은 아예 혼이 쏙 빠졌다.

오전에만 벌써 두 번이나 진상을 보았는데 점심 먹은 것이 채 내려가기도 전에 또 문이 거칠게 열린 거다.

"여기 이사장이 어느 분이요?"

들어설 때 하는 대사를 정해 놓기라도 한 것처럼 똑같은 말투로 사내가 들어섰다.

혼자도 아니다. 칼자국이 수북한 남자와 눈알을 부라리는 마귀 그림이 손등까지 새겨진 남자 둘을 데리고 들어섰다.

"이사장이……? 아! 아줌마가 이사장이시구만."

들어선 남자가 소파에 털썩 앉아서 유혜숙을 보았고, 뒤따른 남자 둘이 그 뒤에 섰다.

"나 영동 소진철이요. 동생들이랑 맘 잡고 살아 볼라고 애쓰는데 이사장이 한번 도움 줍시다."

유혜숙의 곁에 있던 차민정이 자리에서 일어나 소파의 앞으로 다가갔다.

"아저씨, 나가서 얘기해."

소진철은 먼저 상체와 고개를 삐딱하게 틀었다. 그런 다음, 품에서 회칼을 꺼내 들었다.

약속을 하고 들어온 건지, 뒤에 서 있던 두 놈도 품에서 회칼을 꺼내 들었다.

스윽.

차민정의 뒤에 있던 여자 요원 둘이 눈빛을 가라앉히며 자리에서 일어서는 순간이었다.

"씨발! 여기 지랄 같은 년들이 있다는 얘기는 들었지. 그래도 내가 소진철인데 나한테까지 이럴 줄은 몰랐는데? 그래서 말이야."

소진철이 유혜숙을 건너다본 후에 다시 입을 열었다.

"밖에 애들 다 데리고 왔어. 어이? 이사장 아줌마! 어떡할 거야? 1억만 딱 도와주면 얌전히 가는 거고, 아니면 끝장 보는 거야!"

"나가서 얘기하자니까!"

차민정이 인상을 찌푸리며 말을 뱉은 직후였다.

콰앙!

문이 재차 악을 쓰면서 벌컥 열렸다.

뒤쪽 요원 둘이 빠르게 유혜숙의 앞을 막아섰고, 차민정이 완벽하게 가라앉은 눈빛으로 들어서는 사내들을 보았다.

"너, 소진철이라고 했지?"

"그래, 이 쌍년아!"

소진철이 인상을 완벽하게 구기며 욕을 내뱉는 순간이었다.

퍼억!

차민정이 소진철의 왼쪽 볼을 거칠게 갈겼다.

철퍼덕!

소진철의 상체가 단박에 소파의 오른쪽으로 넘어갔다.

"이 쌍년이!"

부웅!

뒤에 있던 놈이 악을 쓰는 순간이었다.

검은 정장에 흰색 면티를 입은 차민정의 몸이 그대로 허공으로 떠올랐다.

퍼억! 뻑! 콰당! 콰다당!

두 놈이 차민정의 발에 턱을 얻어맞고 처박혔는데, 소파를 넘어간 차민정은 그새 소진철의 머리칼을 움켜쥐고 있었다.

퍼억! 퍼억! 퍼억!

그리고 오른손 손날로 소진철의 목덜미를 세차게 내리

찍었다.

분위기라는 게 있다.

밀고 들어왔던 놈들은 차민정의 실력을 보았고, 유혜숙의 앞을 막아선 요원들의 표정에 짓눌렸다.

요원씩이나 되는 차민정이 화를 못 눌러서 이런다고?

처음 두들길 땐 물론 그렇지 않았다. 얼핏 기를 살려 줬다가 혹여 잘못 휘두른 회칼이나 몽둥이에 유혜숙이 다칠까를 걱정해서 먼저 나선 거다.

거기에 어설프게 회칼이 날아들면 총을 쏘게 될 수도 있다.

퍼억. 퍼억. 퍼억. 퍼억.

차민정은 정말 잔인하게 매질을 했다.

강찬이 지금 궁지에 몰린 것을 안다.

요원들과 증평의 대원들 모두 강찬의 결단에 담긴 의지가 어떤 의미인지를 알고 있다. 그런데 대한민국의 미래를 지켜 낼 강찬의 어머님을 이런 놈이 함부로 대하는 것에 화가 치밀었고, 그것이 한꺼번에 터져 나오고 말았다.

털썩!

차민정이 손을 놓자 소진철이 흐물거리며 소파에 처박혔다.

"윤영희! 빨리 연락해서 이 새끼들 전부 공갈, 협박으로 처넣어."

"예."

유혜숙의 앞을 막았던 윤영희가 전화를 들어서 버튼을 누를 때까지 누구도 움직이지 못했다.

차민정은 유혜숙이 놀란 것이 걱정스러웠다.

그래서 고개를 넘겨 유혜숙을 보았다.

그런데 유혜숙뿐만 아니라 전화를 걸던 윤영희가 다급한 시선을 던지고 있었다.

아차!

차민정은 등골이 시렸다. 화가 치밀어서 방심한 거다.

발로 걷어찼던 놈들이 회칼을 들고 있었는데……. 하도 같잖은 놈들이라 그만!

무언가 다가서는 느낌이 드는 순간이었다.

차민정은 빠르게 소파로 날렸다.

콰악! 콱!

그러고는 소파의 탁자를 밟고 유혜숙의 책상 앞에 섰다.

"뭐해?"

차민정은 대답하지 못했다.

언제 들어섰는지 강찬이 쓰러진 소진철과 늘어선 놈들을 오묘한 표정으로 둘러보고 있었다.

"아들!"

유혜숙이 다급하게 자리에서 일어설 때였다.

강찬이 유혜숙의 곁으로 다가갔다.

"괜찮으세요?"

"아들! 이거 정말 아무것도 아냐."
"알았어요. 어머니, 그런데 정말 괜찮으신 거죠?"
"그러엄!"
파랗게 질린 얼굴로 하는 유혜숙의 답이다.
강찬은 차민정과 요원들을 빠르게 보았다.
"경찰에 연락해 두었습니다. 연말이라 이런 식으로 기부를 강요하는 사람들이 꽤 있습니다."
"그래? 다친 곳은 없어?"
"없습니다."
강찬은 고개를 끄덕여 주었다.
"어머니 지켜 주는 거 고마워. 그리고 이런 일에 다치지는 말자. 그렇게 되면 어머니도 나도 너무 미안하잖아."
차민정이 어색한 미소로 답을 할 때 경찰들이 우르르 달려왔다.
윤영희가 나서서 소진철과 함께 왔던 이들을 넘겼고, 잠시 후 재단 사무실은 다시 평화가 찾아왔다.
유혜숙은 가슴이 답답했지만 차마 두들기지 못했다.
강찬이 이런 일로 걱정하게 될 것이 염려돼서였다.
"어머니, 또 소화 안 되시는구나?"
"응?"
소파의 맞은편에 앉은 강찬은 손을 뻗어 유혜숙이 차가운 손을 잡았다. 그러고는 엄지와 검지 사이를 꾹꾹 눌러

전설의 시작 • 97

주었다.

"아! 아파!"

강찬은 웃으면서 손을 놓아주지 않았다.

"아! 아!"

차민정과 윤영희가 웃음을 보이지 않으려고 고개를 한쪽으로 돌렸다.

"이제 괜찮아."

유혜숙의 표정을 살핀 강찬은 그제야 손을 놓아주었다.

"그런데 아들, 어쩐 일이야?"

"그냥 지나가는 길에 뵙고 싶어서 왔어요. 오늘 저녁에 모임 있다고 하셨잖아요?"

"응."

"어머니가 총무 되실지 모른다고 하던데요?"

"아빠가 그런 말씀도 하셨어?"

"새 건물 둘러보실 때 말씀하셨어요."

요원 한 명이 그제야 커피를 들고 왔다.

"저녁 혼자 먹어서 어떡해?"

"어? 저도 갈 건데요?"

"아들이?"

유혜숙은 뜻밖에 커다란 선물을 받은 느낌이었다.

"호텔에서 하는 거라면서요?"

"응. 정말 시간 돼?"

강찬의 웃는 모습을 본 유혜숙이 정말 기쁜 얼굴로 함께 웃었다.

⚜　　⚜　　⚜

김태진은 따귀라도 얻어맞은 표정이었다.
"그러니까 그걸 지금 유비캅에서 맡으라는 거지?"
"내일 오광택이 보석으로 풀려나면 그 친구를 현장 책임자로 임명할 예정인데, 아무래도 전문적인 군사 지식을 가진 직원이 필요하니까 도움을 청하는 거지."
김태진은 아직도 뭐가 뭔지 모를 얼굴이었다.
"러시아 마피아는 자네도 대강 짐작할 것 아닌가? 전면전은 일어나지 않더라도 소소한 총격전이나 접근전은 수시로 일어날 확률이 높아."
대신 일을 설명하고 있는 김형정은 굳은 얼굴이었다.
"국가정보원에서 지원하는 데 한계가 있어. 현재 강찬 씨를 경계하려는 시선이 팽배해서 함부로 일을 벌이기도 어렵고. 그래서 자네에게 부탁하는 걸세. 전에 비무장지대 출신 중에 전역한 대원들을 중심으로 인원을 추려 주었으면 싶어서."
"쉽지 않겠는데?"
"여차하면 우리 특수팀 요원 중에서 몇 명은 사표를 써서라도 이번 일을 진행할 생각이야. 실장님 쪽에서도 몇 명 사직서를 제출할 계획도 세웠고."

김태진은 김형정이 하지 않은 말이 있음을 알았다.

"혹시 증평에서도 전역할 대원들이 있는 건가?"

"이번 일은 우리에게 커다란 기회가 되지. 몽골과 러시아, 중국의 경계점에 유라시아 철로의 한쪽 끝이 연결되는 일이고, 그 지역의 광물을 우리나라가 확보하는 일이어서 그래. 이런 기회를 강찬 씨에 대한 경계심으로 버려서는 안 된다고 판단한 거네."

"후우!"

김태진은 한숨을 내쉬며 김형정이 펼친 지도를 보았다.

"나하고 상현이는 무조건 가야 하는 거고, 그렇더라도 러시아 마피아를 상대하려면 전문적인 능력을 지닌 직원이 훨씬 많이 필요해. 거기에 오광택이네 애들 교육도 해야 하는데……."

김태진이 고개를 들었다.

"깡패들이 일반인들보다야 깡이 있겠지만, 총기를 다루거나 근접 격투술을 익힌 건 아니니까 러시아 마피아를 상대하긴 어려울 것 같은데?"

김형정은 여전히 굳은 표정으로 고개만 끄덕이고 있었다.

"역시 선배나 후배들을 뒤져 보는 게 빠르겠군."

"그게 가장 현실적이긴 하지."

김형정의 답을 들은 김태진이 아쉬운 표정으로 창밖을

보았다.

"이럴 때 그분이 계셨다면……."

"비무장왕 말이지?"

김태진은 나직하게 고개를 끄덕였다.

"지금이라면 찾을 것도 같은데……."

"그분을 무슨 염치로 뵙겠나?"

김태진의 대꾸에 김형정이 나직하게 한숨으로 답을 대신했다.

"난 지금도 그분의 눈빛이 생생해. 비무장지대에서 끌려갔던 대원을 찾아온 유일한 분이셨는데……."

"미국의 압박을 이기기엔 당시 우리의 국력이 워낙 보잘것없는 시기였어."

"시절을 핑계 대기엔 너무 잔인한 짓이었지. 생사의 기로에 있는 분을 버리다시피 했으니까. 그분의 마지막 말씀이 아니었다면 무슨 일이 일어나도 일어났었을 텐데, 전 실장님도 그렇고, 우리 전부가 이렇게 인재에 매달리는 것도 그분의 모습이 떠올라서 아닌가?"

김태진이 씁쓸하게 웃으며 말을 이었다.

"그 양반이 나보고 늘 병아리, 병아리 하셨었는데."

"자네뿐이 아니잖아? 실장님은 설친다고 나중에 따로 불려 가 꾸중도 들었잖나?"

"그렇지."

김태진이 숨을 들이마시며 표정을 바꾸었다. 그러고는 두 손으로 무릎을 짚으며 상체를 세웠다.

"자네 말은 충분히 알았다. 대신 상현이와 의논하고 우리 직원 중에 적당한 인원을 추려 보려면 사나흘 시간이 필요하다. 다행히 지난번에 국가정보원 위탁 교육받은 직원들도 있고 해서 기본적인 인원은 갖출 것 같다."

말을 마친 김태진이 시선을 들어 김형정을 똑바로 보았다.

"비록 군복을 벗었지만, 나는 아직 대한민국 군인이라는 생각을 버려 본 적은 없다. 친구이기 전에 이거 하나는 분명히 하자. 이번 일이 내 직원들의 목숨을 걸 만큼 대한민국의 이익에 확실하게 도움이 되는 거지?"

"적어도 내 목을 걸 만큼은 된다고 확신해."

"그럼 됐다."

김태진이 자리에서 일어나는 것으로 이야기가 끝났다.

⚜ ⚜ ⚜

남산호텔은 정말 오랜만이다.

그렇게 지겹던 로비 라운지가 반갑게 느껴질 정도여서 강찬은 남몰래 피식 웃기까지 했다.

강찬은 유혜숙의 곁에 붙어서 행사가 있다는 3층의 연회장을 향해 걸었다.

치잇.

"3층 상황 보고."

치잇.

[이상 없음.]

귀에 건 리시버에서 요원들이 전하는 무전이 고스란히 들렸다.

호텔 직원과 동창회 간부들이 연회장의 입구에 서서 입장하는 이들을 반겼다.

"어서 와!"

유혜숙이 등장하자 한복 차림의 동창이 반갑게 손을 뻗어 유혜숙의 양손을 잡았다.

"오늘도 같이 왔네."

"안녕하세요?"

"그래! 서울대학교 입학했다면서? 축하해!"

"감사합니다."

강찬은 공손하게 인사를 하고 유혜숙과 안으로 들어갔다. 확실히 유혜숙을 아는 체하는 사람들이 많았고, 대개는 모두 다가와서 반드시 강찬에게 얼굴을 디밀었다.

유치한 거 안다. 그렇지만 다시 몽골로 출발해야 할지 몰라서 강찬은 이런 날이라도 유혜숙을 기쁘게 해 주고 싶었다.

대강 인사를 마친 다음이다.

여자 지배인이 빠르게 다가와 강찬과 유혜숙에게 반갑

게 인사했다.

"강 선생님! 오랜만에 뵙네요. 안녕하셨어요? 사모님?"

여자 지배인의 태도와 호칭 탓에 주변에서 힐끔거렸지만, 이런 건 이제 신경도 안 쓰인다.

강찬은 주변을 천천히 둘러보았다.

입구는 물론이고, 호텔 직원 복장의 요원들이 네 귀퉁이를 지키고 있어서 마음이 든든했다.

이 정도라면 잠시 자리를 비운다고 크게 문제 될 것 같지도 않았다.

"어머니, 바람 좀 쐬고 올게요."

"그래, 아들."

유혜숙도 동창들과 이야기할 시간이 필요할 거다. 강찬은 조용하게 자리에서 일어나 아래층으로 향했다.

이제 어디 가서 담배를 하나 피워 주면…….

아직 강대경도 도착하지 않았다. 그런데 호텔의 정문에서 담배를 피우다가 마주치면?

웅웅웅. 웅웅웅. 웅웅웅.

그런데 그때 전화가 울렸다.

"여보세요?"

[강찬 씨, 김형정입니다. 혹시 잠시 시간이 되십니까?]

"지금 호텔에 와 있어요. 오늘은 일단 행사 끝날 때까지 두 분과 함께 있을까 했는데요."

[그렇다면 제가 그쪽으로 움직이겠습니다. 그건 괜찮으신가요?]

"그러세요. 담배도 하나 피우고 싶었는데 잘됐네요."

[알겠습니다.]

웃음이 섞인 듯한 답을 끝으로 전화가 끊겼다.

강찬은 일단 로비 라운지로 움직였다.

"어서 오십시오."

오랜만에 보는 매니저가 세련되게 인사했고, 강찬의 주문을 받고는 몸을 돌렸다.

커피를 마시며 시간을 보냈다.

멀리까지 어둠이 깔렸고, 도로를 따라 자동차의 불빛이 기다랗게 늘어졌다.

고급스러운 옷에 화려한 호텔에 앉아 커피를 마시는 거다. 그런데 사실은 증평에 달려가서 두툼하게 자른 돼지고기를 대원들과 나눠 먹었으면 싶었다.

피식.

자꾸만 마음을 빼앗긴다.

투박하고 단순한 대원들의 모습이 가슴에 담겨서 빠지질 않는 거다.

웅웅웅. 웅웅웅. 웅웅웅.

이 양반이 벌써 왔나?

강찬은 전화기를 들었다.

"여보세요?"

[철범입니다, 형님.]

깡패 새끼! 그런데 오랜만에 들으니까 지랄 맞은 '형님' 소리가 다 반갑게 들렸다.

[도석이 형님과 광택이 형님 살펴 주신 일, 평생을 잊지 않겠습니다.]

음성에 담긴 것은 진심이었다.

언제 어떻게 바뀔지는 모르지만, 당장은 진심에서 우러나온 것이 맞는 거다.

"고생했다."

[나중에 따로 인사드리겠습니다. 쉬십시오, 형님.]

전화를 끊고 커피를 한 모금 더 마셨을 때였다.

치잇.

[강찬 씨, 김형정입니다. 입구에 대기 중입니다.]

하는 무전이 들렸다.

치잇.

"바로 나갈게요."

강찬은 몸을 일으켜서 라운지를 나왔다. 매니저가 간곡하게 말리는 바람에 커피 값을 지불하지 못했다.

돈이 없어 보여서 그런 건 정말 아닌 걸 거다.

호텔 입구로 나서자 한쪽에 검은색 승합차가 서 있었다.

드르륵.

강찬이 나서자 문이 열렸다.

"어서 오세요."

김형정이 안쪽에서 기다리다가 강찬이 올라타자 바로 출발했다.

"어딜 가나요?"

"이 앞에 담배 피우기 좋은 곳이 있습니다."

김형정이 답을 할 때 승합차는 이미 호텔을 빠져나오고 있었다.

호텔 앞, 그리고 연결된 도로들이 자동차로 가득했다. 연말이라 그런 모양인데 그림만 봐서는 평화롭고 풍요로운 나라처럼 보였다.

승합차는 5분쯤 호텔의 외곽을 돌아서 이태원으로 향하는 도로의 중간에 멈춰 섰다.

"여기 카페가 담배 피우기 좋습니다."

김형정을 따라 차에서 내린 강찬은 카페에 들어섰다.

뭔 놈의 카페에 신호등이 커다란 게 달려서 파란불, 빨간불을 번갈아 쏘아 대고 사람 크기만 한 인형이 엄지를 치켜들고 있는 건지.

2층의 테라스로 나가자 우산처럼 위가 벌어진 가스난로를 켜 놓은 테이블이 나왔다.

자리에 앉아 커피를 주문했다.

잘칵.

그리고 담배에 불을 붙였다.

"김태진 그 친구와 대강 이야기를 마쳤습니다. 처음 경비는 유비캅에서 하고, 일정 시간이 지나면 오광택이 만든 회사로 경비 업무를 이관할 예정입니다."

커피가 나와서 잠시 이야기가 중단됐다.

"문제는 그쪽에서 활약하는 러시아 마피아가 주로 군사 훈련을 받았던 전직 대원들이라는 데 있습니다. 그래서 전에 비무장지대에서 활약했던 경험이 있는 퇴역 군인들을 위주로 연락을 취하고 있습니다. 그 친구들은 아예 오광택의 회사 직원으로 선발할 생각입니다."

강찬은 잠자코 고개를 끄덕였다.

이런 일은 누가 뭐래도 김형정이 전문인 거다.

"강찬 씨."

김형정이 담배를 끄면서 조용하게 강찬을 불렀다.

"세 가지 드릴 말씀이 있습니다."

많기도 하다.

강찬은 담배를 끄며 김형정을 보았다.

"첫 번째는 사직서를 제출하는 요원들이 잔뜩 나와서 말이 많습니다."

퇴직금을 갑자기 많이 줘서 그런 건 아닐 거고?

강찬은 잔을 내려놓고 김형정의 설명을 기다렸다.

"유비캅이 이번 일을 맡아서 한다는 말 때문에 이번 기회에 유비캅으로 옮겨 가겠다는 생각 때문입니다."

"그건 아닌데요?"

김형정은 아직 커피를 마시지도 않았다. 분명 하고 싶은 말은 뒤에 있는 건데 주저하고 있는 느낌이었다.

"뭔데요? 이왕 이야기하신 건데 뭘 가릴 게 있나요?"

"그동안 대테러팀과 군 특수팀은 항상 작전 직전에 눌려 왔었습니다. 이번에 이태원 진압이 소문나면서 부원장님을 지지하는 요원들이 급격하게 늘어났습니다."

강찬은 내심 고개를 저었다.

이런 건 기득권을 가진 사람들에게 절대로 기분 좋은 소식이 아니다.

아프리카에서도 이랬다.

강찬의 인기가 높아지면 반드시라고 해도 좋을 만큼 시기하는 지휘자가 나온다. 그런 다음, 결과는 끔찍한 작전, 도저히 불가능할 것 같은 작전에 투입되는 거였다.

결과에 상관없이 대원들이 죽어 나가는 작전 말이다.

"제가 그곳에 계속 있지 않을 건데요?"

"그 일이 끝나면 개인적으로 부원장님을 위해 일해 보고 싶다는 생각을 하는 모양입니다."

강찬이 픽 하고 웃었는데도 김형정은 심각한 얼굴이었다.

분위기가 안 좋은 것은 짐작했지만, 이 정도일 줄은 모르고 있었다.

솔직히 까놓고 말하자면 강찬은 상관없다.

하지만 지금까지 국가를 위해 일한다는 사명 하나로 살아왔던 요원들과 특수팀 대원들은 지금 한순간의 결정으로 인생이 바뀔 수도 있는 일이다.

그렇다고 이들을 모조리 프랑스 정보총국으로 끌고 갈 수도 없는 거고.

치잇.

[대표님 도착하셨습니다.]

치잇.

[로비 이상 없음.]

치잇.

[행사장 이상 없음.]

강대경이 호텔에 도착했는지 경계 상황을 알리는 무전이 연속해서 들어왔다.

"다른 이야기는 뭔가요?"

"비무장왕이라는 분이 있습니다. 그분을 오광택의 회사로 모실까 합니다."

강찬은 궁금한 시선으로 김형정을 보았다.

전설이라는 말은 들었는데 그렇다면 지금 나이가 제법 되었다는 뜻이다. 전투와 작전에서 나이가 많다는 것은 커다란 핸디캡이 된다.

그래서 나이를 먹으면 지휘 부서로 빼내는 건데?

"실력도 그렇고, 그 정도 경험이 있는 분이 지휘해 준다면 몽골의 현장에 커다란 도움이 되리라 생각합니다."

"그거야 팀장님이 판단하실 문제인 거잖아요? 오광택이 받아들여야 하구요."

"오광택 회사의 직원들 교육도 있을 테니까 그 점은 그렇게 걱정하지 않으셔도 됩니다."

그렇다면 뭐 이것도 괜찮은 거다.

이제 마지막 남은 이야기를 들을 차례였다.

그런데 김형정이 담배를 집었다. 앞에 이야기했던 것들보다 더 곤란한 이야기가 있다는 뜻이다.

강찬은 김형정이 권한 담배를 받아서 불을 붙였다.

"아프리카의 소말리아로 특수팀 파병 결의가 수일 내로 국회 동의를 통과할 예정입니다."

퍼뜩!

강찬은 입으로 가져가던 담배를 내려놓으며 김형정을 보았다.

"UN과 미국에서 협조 요청을 해 왔습니다. 모두 5개 나라가 참여합니다. 원래는 파병을 거절할 생각이었는데 야당이 완벽하게 뭉쳐서 파병 동의안을 통과시킬 예정이고, 아마 그렇게 결론이 날 겁니다."

"지휘관은요? 차동균으로 보내기는 약하잖아요?"

"야전 생활을 오래 한 대령 중에서 한 명을 선발하려고 알아보는 중입니다."

"막을 방법은 없나요?"

강찬의 반응을 본 김형정이 고개를 갸웃했다.

"팀장님, 아프리카를 만만하게 보시면 안 됩니다. 경험이 없으면 실력이 아무리 뛰어난 팀이라도 절대 살아 돌아올 수 없는 곳입니다."

"지금까지 쌓은 경험이 적지 않잖습니까?"

강찬은 바로 고개를 저었다.

"우리는 아직 제대로 된 이슬람 세력을 제대로 상대해 본 적이 없습니다. 아프리카에서 마주쳐야 하는 SSIS에 비교하면 이번 아프가니스탄의 적들은……."

목소리가 갑자기 커졌다고 느껴서 강찬은 입을 다물고 우선 주변을 살핀 다음 입을 열었다.

"아예 어린애 수준입니다. SSIS는 시아파도 한 수 접어줄 만큼 지독한 집단입니다."

"SSIS라고 하셨습니까?"

김형정은 강찬의 말을 실감하지 못하는 것이 분명했다. 그렇더라도 분명하게 말할 건 해야 한다.

강찬과 석강호가 죽었던 작전에서 상대했던 적이 SSIS다.

"이슬람 세력 중에서도 가장 극렬한 테러 파벌입니다. 그들의 잔인함을 못 보셔서 그렇습니다. 우리 특수팀 대원들은 아직 5살배기 아이의 이마를 향해 방아쇠를 당기지 못

합니다. 그런데 그걸 망설이는 순간에 모든 것이 끝납니다. 그것도 시체 하나 온전히 남기지 못할 정도로 완벽하게."

"프랑스, 러시아, 미국, 그리고 영국이 참여합니다."

강찬은 피식하고 웃음을 터트렸다.

"프랑스는 외인부대 특수팀에 SSIS 전담팀이 있습니다. 미군 특수팀은 지상군보다 주로 아파치 헬기나 폭격기를 이용하고, 러시아 스페츠나츠 역시 이미 수차례 경험이 있습니다. 이대로 가면 한국 특수팀은 가장 앞에서 무조건 전원 사망입니다."

김형정이 멍한 표정으로 강찬을 보았다.

그런 걸 어떻게 아느냐? 그리고 정말 그러냐?

그의 표정에 담긴 의문은 그랬다.

"특수팀의 혼합 작전은 경험이 부족한 팀이 가장 앞에 섭니다. 그걸 아세요?"

"그럴 리가요?"

"팀장님, 팀장님 같으면 죽을 자리에 굳이 우리 특수팀을 넣으시겠습니까? 차라리 우리 단일팀이 작전 전체를 맡는다면 모르지만, 지금처럼 몇 개 나라가 한꺼번에 들어가게 되면 무조건 경험 없는 팀이 가장 앞에 섭니다."

"왜 그렇죠?"

"상황을 모르니까요! 경험이 없으니까 수색을 맡아 달라고 할 겁니다. 그런데 경험 없이 그런 곳에 들어가는 것 자체가 죽음으로 걸어 들어가는 일이 되는 겁니다."

김형정은 상황을 완벽하게 이해하지 못한 얼굴이었다. 대신 평소와 전혀 다른 강찬의 표정을 보며 일이 생각 밖으로 심각하다는 것만은 알아챈 듯싶었다.

"파병을 취소할 수 있습니까?"

"지금은 어렵습니다. 이틀 안으로 안건이 상정될 테고, 바로 동의안이 통과될 겁니다."

"후우!"

강찬은 우선 한숨을 쏟아 냈다.

"저와 석강호가 함께 갈 수 있나요?"

"그건 가능하지만 그렇게 되면 몽골의 사업이 뒤로 밀립니다. 솔직히 러시아 정보국을 상대해 줄 분이 강찬 씨 외에는 없습니다."

젠장할!

강찬은 욕을 삼켰다.

양범과의 약속을 어기기도 어렵다.

"강찬 씨, 그런데 저는 SSIS를 처음 듣습니다."

"시아파와 수니파 중에서 극렬한 무장 세력이 연합한 이슬람 조직(Islamic State)입니다. 아프리카를 중심으로 처음 만들어졌고, 전 세계에 퍼져 있을 만큼 강력한 조직입니다."

"그런데 우리 정보망에는 아직 제대로 파악되지 않았습

니다."

 강찬은 잠시 고민하다가 입을 열었다.

"프랑스 외인부대는 이미 아프리카에서 지긋지긋하게 싸우고 있던 세력입니다. 미국도 알고, 러시아도 알고, 영국도 알고 있습니다."

 김형정은 질문조차 하지 못했다.

"한국의 국가정보원의 능력이 거기까지인 겁니다."

 그리고 강찬의 말을 듣고는 입술에 힘을 꾹 준 채로 나직하게 숨을 내쉬고 있었다.

"동의안이 떨어지면 파병까지 시간이 얼마나 있나요?"

"보름 정도일 겁니다."

"후우!"

 강찬은 또다시 한숨을 팍 털어 냈다.

 그 정도 시간이라면 적응 훈련을 하기에도 부족한 거다.

 빌어먹을!

 기껏 경험을 쌓아 놓았더니 전혀 생소한 곳으로 달려가서 모조리 죽게 생겼다.

 물론 반드시 죽는다고 할 수는 없다.

 하지만 죽을 확률이 80퍼센트가 넘는다는 데 가진 것 전부를 걸 만큼 확신이 있었다. 30명이 달려가서 10명만 살아와도 성공한 파병이 된다는 뜻이다.

"이게 미국에서 계획한 건가요?"

"그렇게 판단하시면 크게 틀리지 않을 겁니다."

"이 개새끼들이!"

강찬은 아프가니스탄에서 마주쳤던 아파치 헬기가 떠올랐다. 그리고 프랑스 부총국장이 아니었다면 분명 그 헬기에 죽었을 거라는 라노크의 말도 생각났다.

대한민국을 위해 목숨을 걸고 싸우고 돌아온 대원들을 지옥으로 밀어 버린 거다.

저 멍청할 만큼 우직한 대원들은 그곳에서도 끝까지, 그리고 악착같이 싸울 거다. 서양 놈들처럼 현명하지도 못할 거고, 살아 보겠다고 발을 빼지도 않을 거다.

동료를 살리겠다고, 대한민국 특수팀의 명예를 지키겠다고 악착같이, 전부 죽어 넘어질 때까지 물러서지도 않을 게 분명했다.

너희, 정말 두고 보자.

어떤 새끼인지 모르겠는데, 아파치 헬기 보낸 새끼하고, 이번 계획 짠 새끼, 넌 분명히 죽여준다.

강찬은 이를 악물었다.

제4장

꼭 전하고 싶은 말이 있었는데

GOD
OF
BLACK FIELD

호텔에 강찬을 내려 준 김형정이 곧바로 돌아갔다.

원래는 강대경, 유혜숙과 함께 저녁을 먹을 생각이었는데 한마디로 입맛이 뚝 떨어져 버렸고, 다음으로는 독이 오른 눈빛이 풀리지 않아서 3층에 올라가기 어려웠다.

아프리카에 특수팀만 보내는 건 절대로 용납하지 못할 일이다. 지금부터 달려가 SSIS에 관해 조사를 마치면 아마 김형정도 잠 한숨 자지 못할 것이 분명했다.

몽골 일을 처리해야 했다. 그것도 가능한 한 서둘러서 말이다.

러시아 마피아를 막아 줄 놈은 하나밖에 없다.

바실리다.

이럴 줄 알았으면 교육에서 만났던 안드레이를 좀 살살 두들길걸!

로비의 소파에 앉아 있을 때 강대경에게서 전화가 왔다.

[저녁은 어떻게 할 거냐?]

"이쪽에서 요원들과 먹을까 해요."

[그럴래?]

"아! 한 10분이면 올라갈 수 있을 것 같아요."

서운할 거다.

그리고 이왕 함께 왔다면 지금은 강대경과 유혜숙을 배려하는 게 옳다는 생각이 들어서 강찬은 마음을 고쳐먹었다.

[무리하지 말고.]

"아니에요. 조금 있다가 올라갈게요."

강찬은 두 손으로 눈을 비빈 다음, 3층을 향해 올라갔다.

"아버지?"

"응! 왔니?"

그러고 보면 유혜숙의 동창회다.

강대경이 반갑게 강찬을 맞았고, 셋이서 함께 식사를 했다.

어머니란 참 묘하다. 이런 자리에선 마치 강찬의 보살핌을 받는 것처럼 느껴지는데, 정작 위급한 순간이면 모든 걸 던져서 강찬을 싸안는다.

그런 유혜숙을 어떻게 실망시킬까?

"어머니, 아!"

"얘!"

"얼른요!"

유혜숙이 눈을 흘기다가 못 이기는 척하며 강찬이 집어 준 음식을 입에 넣었다.

강찬 외에도 아들과 딸을 데려온 동창들이 몇 있었는데 시선은 당연히 강찬에게 쏠려 있었다. 전의 모임에서 보았던 모습, 대통령 문재현의 강유자동차 방문, 그리고 유라시아 철도 발표회장에 참석했던 일, 마지막으로 서울대학교 합격 때문일 거다.

몽골에 가야 한다. 그리고 무슨 수를 써서든 아프리카로 갈 생각이었다.

할 수 있을 때 하나라도 좋은 추억을 선물하고 싶었.

"왜?"

"어머니 보고 있는 게 좋아서요."

"이 녀석이 넉살이 점점 늘어!"

"그치, 여보. 우리 아들이 이젠 짓궂어졌어."

유혜숙의 행복해하는 모습을 보며 강대경도 만족한 얼굴이었다.

저녁은 그렇게 별다른 일 없이 마무리되었다.

함께 집으로 움직였고, 거실에서 좀 더 시간을 보냈다.

2010년의 마지막 날이다.

새벽 운동을 마친 강찬은 개운하게 씻고 아침을 먹었다.

"아들은 오늘 바빠?"

"약속이 좀 있어서 늦을 것 같은데요? 두 분은 어떠세요?"

"아빠하고 엄마는 종무식만 끝나면 오늘 특별한 약속이 없다. 모처럼 집에서 좀 쉴 생각이다."

콩나물국을 떠 넣은 강대경의 답이었다.

일단 오전에 바쁠 일은 없어서 함께 설거지를 했고, 차도 한 잔 마셨다.

방에 들어가 옷을 갈아입은 강찬은 우선 사무실에 나갈 생각이었다.

"다녀오겠습니다."

"그래, 아들!"

강유모터스와 강유재단의 종무식이 10시 30분에 있다고 해서 오늘은 강찬이 먼저 나간다.

강찬은 아파트를 나와 입구로 향했다.

석강호와 만나서 함께 가기로 했었는데, 뜻밖에도 최종일이 우희승과 서 있었다.

"무리하는 거 아냐?"

"안식구가 이 정도면 죽지 않을 거라고 엄살 피우지 말랍니다."

강찬은 최종일 부인의 눈빛이 떠올라 웃고 말았다.

이런 곳에서 시간을 오래 끌어서 좋을 것은 없다.

곧바로 석강호의 차를 타고 움직였는데, 무심코 시선을 돌렸을 때 김미영이 살고 있는 아파트가 보였다.

교육이 끝나면 하고 싶은 일이 많았다.

영화도 보고 싶었고, 독특한 웃음도 듣고 싶었고, 고급 회도 사 주고 싶었다.

그런데 결국 시커멓고 턱이 각진 사내놈들의 일에 끌려다닌다.

강찬은 창밖을 보며 피식 웃었다.

그렇더라도 가슴에 담긴 놈들이 죽게 생긴 일을 어떻게 모른 척하겠나.

건물에 도착해서 전용 엘리베이터로 사무실로 바로 올라갔고, 당연하게 담배와 커피를 앞에 놓고 석강호와 마주 앉았다.

강찬은 먼저 특수팀이 파병될 거라는 말을 전해 주었다.

"뭐요?"

석강호의 반응은 예상을 빗나가지 않았다.

"거기 보내면 애들 다 죽는 거요."

"그렇잖아도 그렇게 말했어."

"아니, 어떻게 된 새끼들이 지원은 개코만큼 해 주면서 죽을 길에는 그렇게 쉽게 밀어 넣는 거야! 총 한 번 제대로 안 쏴 본 새끼들이… 아프리카 파병이 옆집 놀러 가는 것도 아니고!"

울화통을 터트린 석강호가 담배를 집어 들었다.

"어떻게 할 거요?"

"결정 난 걸 막을 수는 없잖냐?"

"그렇다고 쟤들 그냥 다 죽게 할 수는 없는 거 아니오?"

"일단 몽골 일을 최대한 빨리 처리하고 달려가야지."

찰칵.

담배에 불을 붙인 석강호가 번득이는 눈빛으로 입을 열었다.

"대장, 나는 바로 애들하고 아프리카로 보내 주쇼."

강찬은 대꾸하지 않았다.

"쟤들만 보내면 며칠 안으로 반은 죽소. 그러니까 우선 내가 함께 가게 해 주쇼. 대장 올 때까지 어떡해서든 버텨 보겠소."

뻥 뚫린 사무실이다.

조금 떨어진 테이블에서 커피를 마시고 있던 최종일과 우희승, 이두범이 귀를 쫑긋하게 세우고 이쪽을 보고 있었다.

"얘네들, SSIS를 전혀 몰라요. 갓난아이 기저귀에 달린 부비트랩도 모르고, 왜 그 새끼들이 악착같이 포로를 만드는지도 전혀 모르는 거요. 구하러 가는 순간, 계속 죽어 나갈 텐데……."

"일단 좀 계산해 보자."

"대장!"

강찬이 번득 시선을 들자 석강호가 얼른 입을 다물었다.

"침착해. 네가 이렇게 흥분하면 대원들이 어떻게 받아들이는지 몰라서 그래?"

"알았소."

재떨이에 담배를 꽂아 넣은 석강호가 시선을 떨구고 있었다.

"특수팀이 SSIS를 상대하는 것만큼이나 오광택 쪽 애들이 러시아 마피아를 상대하는 것도 버거운 일이야. 아무리 깡패라고 해도 너희는 알아서 죽으라고 할 수는 없는 거잖냐?"

"그렇긴 하지요."

강찬이 커피 잔을 들자 석강호가 따라서 잔을 들었다.

"하필이면 오광택이 선고가 일주일이나 뒤로 밀렸어. 시간을 거기서 다 잡아먹게 생겼으니까 우선 내가 바실리를 만나 볼게. 그래서 러시아 마피아를 최대한 막아 보자. 그 뒤는 김태진 대표에게 부탁하고 아프리카로 날아가야지. 지금은 그게 가장 현명해."

"그런데 대장, 이거 어쩐지 덫에 물린 느낌이오."

"나도 그래."

강찬은 고개를 끄덕였다.

"몇 놈이 뭉쳐서 우리를 죽이려고 지랄하는 거 같거든."

강찬이 담배를 들자 석강호가 빠르게 라이터를 켜 주었다.

"후우, 우선 바실리와 통화를 해 보고."

강찬은 전화를 들었다.

⚜　　⚜　　⚜

김태진은 들고 있던 종이에서 시선을 들어 문 안쪽을 들여다보았다.

부평의 외곽에 있는 단독주택이다.

손바닥만 한 마당과 안쪽으로 오래된 거실 유리문이 보였다.

"계십니까?"

당장 답은 없었다.

"계십니까?"

쾅. 쾅. 쾅.

김태진은 대문을 조심스럽게 두들겼다.

오래돼서 삭은 철문은 살짝 때렸는데 금방이라도 부서질 것처럼 요란한 소리를 터트렸다.

김태진은 고개를 기울였을 때였다.

닫힌 거실 유리 안쪽에 사람의 윤곽이 어른거렸다.

드르륵.

"누구요?"

"저, 김태진이라고 합니다. 강철규 선배님을 찾아왔습니다."

문을 나서던 남자가 기다랗게 고개를 들었다.

 길지 않은 머리가 사방으로 부스스 흘러내렸고, 살이 하나도 없는 볼과 각진 턱을 지녔다.

 "누구시라고?"

 강철규가 고개를 기울이며 대문으로 다가왔다.

 덜컹. 끼이익.

 "선배님……."

 강철규는 대문 앞에 서 있는 김태진을 잠시 바라보다가 아프게 웃었다.

 "혹시……?"

 "선배님, 저 김태진입니다. 기억하십니까?"

 "기억난다. 그런데 어쩐 일로……? 우선 들어와."

 감정이 울컥 올라온 김태진과 달리 강철규는 덤덤한 얼굴로 문 한쪽으로 몸을 비켜섰다.

 들고 온 주스 상자를 전하고, 마루에 들어서자 강철규는 이리저리 뒤틀린 거실의 유리문을 닫았다.

 "차라고 녹차가 전부인데, 한 잔 줄까?"

 "아닙니다. 마시고 왔습니다."

 "그래도 이렇게 왔는데 어떻게 그냥 가? 그러지 말고 녹차 한잔해."

 "예, 그럼 주십시오."

 "그래, 그럼 잠시 앉아 있어."

꼭 전하고 싶은 말이 있었는데

강철규가 거실 문의 맞은편 가스레인지로 걸음을 옮기는 동안, 김태진은 천천히 집 안을 둘러보았다.

쿵쿵한 냄새, 역시나 뒤틀린 방문, 온기라고 한 조각도 느낄 수 없는 바닥, 그리고 정말이지 작은 상 하나, 한 칸짜리 싱크대에 놓인 주전자와 그릇 몇 개가 살림의 전부처럼 보였다.

"바닥이 차. 이걸 깔고 앉아."

상을 편 강철규가 그 뒤에 숨겨져 있던 담요를 김태진에게 밀었다. 낡고 낡은 담요는 강철규의 성품을 말하는 것처럼 깨끗하게 세탁되었고, 반듯하게 개켜져 있었다.

"혼자 사십니까?"

자리에 앉은 김태진의 앞으로 강철규가 각기 모양이 다른 잔 2개를 들고 와 앉았다.

"보시다시피. 그런데 어쩐 일이야?"

건네주는 찻잔을 받으며 김태진은 강철규의 손이 잘게 떨리는 것을 알았다.

"사실은……."

김태진이 상황을 설명하기 시작하고 10분쯤 지난 다음이었다.

"그렇게 중요한 일이라면 나 말고도 더 뛰어난 사람들이 많을 텐데, 공연히 헛수고를 한 거야."

"선배님, 말씀드렸듯이 훈련을 거친 직원이 몇 되지 않습니다. 그러니 선배님께서 직원들 교육이라도 좀 맡아 주시면 어떻겠습니까?"

강철규가 피식하고 웃는 것을 김태진은 분명하게 보았다.

"내가 고통을 이기려고 손댄 약과 술에 절어 사는 동안 아들놈이 엉뚱하게 죽었다는 소식을 들었고, 그다음 날 아침 멍한 상태로 밖에 나왔을 때 마누라가 여기 천장에 매달려 있더군."

천장을 힐끔 본 김태진이 마른침을 삼키는 순간이었다.

"그때부터 병원에 다녔고 지금 이 모습이다."

앞으로 들어 보인 강철규의 손이 잘게 떨고 있었다.

"지금도 밤이 되면 고통과 싸워야 하고 아직도 약과 술이 미친 듯이 그리워. 가고 싶어도 몸이 말을 안 들어서 못 가고, 간다고 해도 도움이 전혀 되지 않을 거다. 게다가……."

피식.

강철규가 분명하게 피식 웃었다.

"아들놈의 시체라도 찾으러 가 볼까 하던 참이라 다른 곳에 시선을 돌릴 틈이 없다."

김태진은 고개를 갸웃하며 강철규를 보았다. 지금 들은 말의 뜻을 제대로 알아듣지 못한 탓이었다.

"아프리카에서 죽었다고 하더군."

"그렇군요."

한숨을 내쉰 김태진은 문득 떠오르는 것이 있었다.

"혹시 아드님 찾는 일을 도와드리면 어떻겠습니까?"

번득.

김태진은 강철규의 시선을 마주하는 것이 쉽지 않았다. 그의 눈빛은 전혀 변하지 않았다.

어디서 이런 눈을 본 적이 있는데?

"오해하지 않으셨으면 싶습니다. 이번 일을 도와주시지 않으셔도 됩니다. 다만, 선배님께서 꼭 하셔야 하는 일이라고 하시니 제가 그 일을 돕고 싶어서 그렇습니다."

강철규는 아무런 말이 없었다.

⚜　　⚜　　⚜

[새로운 영웅께서 어쩐 일인가?]

"바실리, 의논하고 싶은 일이 있는데 통화가 괜찮나?"

[통화라면 괜찮겠지.]

이 새끼가?

어딘지 빈정거리는 음성이라 짜증이 올라왔지만, 강찬은 일단 통화를 계속하기로 했다.

"양범에게 좋은 제안을 받아서 검토하고 있는데……."

[강찬.]

바실리가 단박에 강찬의 말을 잘랐다.

지금까지 느끼지 못했던 러시아 억양이 강하게 묻어 있어서 어쩐지 다른 사람처럼 느껴지기도 했다.

[그동안 내가 배려해 주었다고 해서 나를 너무 값싸게 취급해서는 곤란해. 설마 내게 마피아의 뒷일을 부탁할 생각은 아니길 바란다. 만약 그렇다면 몹시 서운할 테니까 말이지.]

강찬은 창밖으로 시선을 돌렸다.

해보자는 거다.

누가 이기는지 붙어 보자는 의미다.

피식.

"바실리, 그래도 러시아의 이름을 달아서 최소한의 양해를 구하려고 했었는데 이렇게 말해 주니까 고맙다. 그렇다면 내가 알아서 처리하지. 나중에 다른 말이 나오지 않았으면 좋겠다."

바실리는 당장 말이 없었다.

개새끼! 아무렴 러시아 마피아 따위를 막아 달라고 매달릴 줄 알았나?

[후후후.]

그런데 뜻밖에도 바실리의 웃음소리가 수화기 너머에서 건너왔다.

[자넨 너무 눈에 띄어. 가끔은 모습을 감추고 움직일 때도 있어야 하는 법이지. 아쉬울 땐 적당히 고개 숙이고, 좋은 말을 건네는 법도 익히는 게 좋아. 이번 일은 그런 면에서 좋은 경험이 될 거야.]

"충고 고맙다."

강찬이 전화기를 내려놓자 석강호가 궁금한 시선을 곧바로 보냈다.

"바실리는 도울 마음이 없는 눈치다. 해보자는 뜻인 걸 보면 러시아 마피아를 상대하기가 쉽지 않겠다."

"흐흠!"

석강호의 한숨 소리가 정답이었다.

"다예."

"예."

"내일부터 증평에서 지내라. 아프리카에서 상대하던 SSIS에 대해 설명하고 가능하면 그런 상황에서 움직일 것들을 훈련해."

"알았소."

강찬의 눈빛을 본 석강호가 먼저 고개를 끄덕였다.

"그런데 몽골의 일을 뒤로 미루면 안 되는 거요?"

그러고는 연달아 질문을 던졌다.

"양범에게서 도움을 받은 거다. 그쪽이 급하다는데 모른 척하기도 어렵고, 데나다이트를 러시아가 어떻게 쓰려는 건지 모른 상태에서 무조건 뒤로 미루기도 어려워."

"후유!"

"아무튼, 내일부터 증평을 맡아."

"그럽시다."

석강호가 자리에서 일어나 차동균에게 전화를 거는 동안,

강찬은 김형정에게 전화를 걸었다.

[김형정입니다.]

"팀장님, 오광택이 오늘 나오나요?"

[한 시간 뒤쯤 나올 겁니다. 그리고 비무장왕이 몽골팀에 합류하기로 했습니다.]

"그래요? 잘됐네요."

[김태진 그 친구가 이리로 오기로 했습니다. 함께 보면 어떨까 싶은데 시간 어떻습니까?]

"괜찮으시면 이리 오세요. 점심이나 같이하시죠."

[그럴까요? 그럼 그 친구와 연락해서 그리 가겠습니다.]

전화를 끊자 시간이 못내 아쉬웠다.

몽골을 빨리 가거나 아니면 아프리카를 좀 늦게 갔으면 싶은데, 두 가지 모두 자신이 결정하기 어려운 일들이었다.

비무장왕?

다 늙고 그나마 군에 있지도 않았던 사람이 도움이 되면 얼마나 되겠나?

쯧! 그래도 김형정과 김태진이 저렇게까지 하는 것으로 봐서는 도움이 되지 않을까?

그 뒤로 2통의 전화가 더 있었다.

하나는 디아이에서 하는 종무식에 참여해 줄 수 있느냐는 미쉘의 전화였고, 다른 하나는 오늘 바쁘냐는 김미영의 전화였다.

두 사람 모두 조심스러워하는 기색이 역력했다.

미쉘이야 요즘 강찬의 분위기를 알아서 그렇다고 쳐도, 김미영의 반응은 의외였다.

보고 싶다.

그런데도 강찬은 나중에 전화하겠다고 하고 전화를 끊었다.

'왜 이러지?'

강찬은 창가를 향해 서서 밖을 내려다보았다.

가슴이 답답했다.

불안한 무언가가 있다는 의미가 아니었다. 그저 묵직한 게 가슴에 얹힌 느낌이었다.

'대원들이 걱정돼서 그런가?'

강찬은 멀리 시선을 두었다.

이왕 이렇게 된 거라면!

어차피 특수팀 대원들과 오광택 쪽 식구들, 그리고 김태진을 비롯한 유비캅 직원들의 생명이 위태로워지는 형국이었다.

게다가 눈빛만으로 뜻이 통하는 석강호가 먼저 아프리카로 가야 하는 상황에서 앞뒤를 가릴 이유는 없었다.

강찬은 창을 바라보며 전화를 꺼냈다. 통화 버튼을 누르자 바로 응답이 있었다.

"안느, 미국 DIA 국장의 암살 명령을 내릴 권한이 내게 있나?"

[가능합니다, 무슈 강.]

강찬은 입술에 힘을 준 채로 하늘을 바라보았다.

[다만, 브랜든에 대한 암살 명령 이후로 대사님과 무슈 강은 물론이고, 한국의 국가정보원 원장과 부원장, 차장들까지 신변의 안전을 보장하기 어렵습니다.]

"저쪽에서도 반격을 한다는 뜻인가?"

[DIA와 CIA의 암살조가 모조리 한국으로 향할 겁니다. 더구나 한국에는 그들의 비선 조직이 워낙 많아서 쉽지 않은 싸움이 됩니다.]

역시, 만만한 놈들은 아닌 거다.

강찬은 피식 웃으며 입을 열었다.

"한 가지 더, 내가 원하면 지난번 아프가니스탄에서처럼 아프리카에서의 싸움을 중계할 능력이 정보총국에 있나?"

[당시에 360도 회전 카메라가 이용됐지만, 위성 카메라의 성능은 정보총국이 월등히 뛰어납니다. 아프리카에는 정보총국의 위성 2대가 별도로 지정되어 있어서 지난번보다 선명한 방송이 가능합니다.]

"이번 파병에 대한 프랑스의 입장은?"

[무슈 강, 소말리아는 이탈리아의 식민 지배를 받았습니다. 현재 아프리카 내전의 90퍼센트 이상은 영향력을 행사하려는 유럽 각국의 싸움이라고 보시면 맞습니다.]

"그런데 왜 미국이 나서서 이러냐는 거지?"

[미국은 무슈 강과 한국의 특수팀을 제거해서 다시 대한민국 내에 미국의 영향력이 커지길 희망하고 있습니다. 유라시아 철도에 한국이 포함된 이후 미국은 한반도 정책을 급격하게 변화시켰습니다.]

이러고 있었는데 그동안 미국은 돌아볼 여유도 없이 싸웠다.

"제라르는?"

[외인부대 특수팀 사령관으로 비상대기 중입니다. 내부적으로 알력싸움이 있지만, 그 부분은 제라르 사령관이 해결해야 하는 문제로 판단하고 있습니다.]

강찬은 고개를 끄덕였다.

자신이나 석강호도 어차피 거쳤던 싸움인 거다.

제라르라면 그깟 다른 연대 특수팀의 반발쯤 멋지게 해결할 거다.

"알았다. 또 연락하지."

전화를 끊을 때 우희승이 밖으로 움직였다.

"아래 김태진 대표와 김형정 팀장이 도착했대서 내려가는 거요."

강찬은 석강호와 탁자에 앉아 방금 통화 내용을 알려 주었다.

"쉬운 일이 없소."

"그러게 말이다."

잠시 후에 김태진과 김형정이 사무실에 들어섰다.

"어서 오세요."

"뭐가 이렇게 썰렁해? 화분이라도 좀 사서 보낼까?"

김태진은 먼저 사무실 이곳저곳을 둘러보았다.

"예술적 감각이라고 손톱만큼도 없는 누군가가 꾸며서 그래요. 차는 뭐 드실래요?"

"자네랑은 역시 커피 아닌가?"

"저도 커피가 좋겠습니다."

"이리 앉으세요."

가릴 사람 없고, 전망 좋고, 담배 연기 잘 빠지는 곳을 두고 뭐하러 답답한 방이나 응접실에 들어가겠나.

강찬은 멀리 갈 것도 없이 앉아 있던 탁자를 가리켰다.

이두범이 4잔의 커피를 가져다주었다.

"강찬 씨, SSIS에 관해 기본적인 조사를 마쳤습니다. 그리고 몽골에 갈 요원들 6명은 오늘 중으로 사표를 제출할 예정입니다."

커피가 나오기 무섭게 김형정이 입을 열었다.

지금은 안부 따위를 물어 가며 시간을 낭비할 여유가 없는 거다.

"오광택이 계약할 회사는요?"

"호텔과 그 외 업장을 관리하는 회사에 종목을 광산업을 추가할 예정입니다."

김형정의 대답은 일단 막힘이 없었다.

"그 외에 비무장왕이 합류하기로 해서 그나마 커다란 위안이 됩니다."

김형정이 시선을 주자 김태진이 나직하게 고개를 끄덕였다.

"그렇게 오랫동안 군에서 멀리 있던 분이 제 역할을 할 수 있을까요? 거기에 나이도 많으실 텐데?"

"꼭 그렇게 볼 것만은 아니야. 그 양반은 그냥 몸 전체가 살인 병기라고 생각하면 돼. 지금껏 비무장지대에 북한과 우리 모두 이름을 떨친 사람들은 많지만, 왕이란 호칭으로 불린 분은 그분뿐이지."

호칭하고는!

유치찬란하다는 생각에 강찬이 픽 하고 웃었다.

"당시에 북한의 비무장팀에 우리 대원 다섯이 끌려간 일이 있었지. 그걸 명령도 없이 혼자 달려가서 구해 왔던 분인데, 그게 문제가 돼서 옷을 벗었지."

"구해 왔다면서요?"

"그 일로 비무장지대 전체에 엄청난 총격전이 벌어졌었거든. 그 바람에 전쟁 직전까지 간 게 문제가 된 거지. 미국 사령부와 북한의 항의를 무마하기 위해서 버려졌다는 게 맞지."

"나이가 어떻게 되는데요?"

"강찬, 그분은 내가 보증하는 걸로 하면 안 되겠나? 아픈 사연도 있는 분이고, 이번 기회에 도움도 받고, 반대로 도와 드리고 싶어서 그런 거니까 그렇게 이해해 다오."

김태진의 단호한 말을 들으며 강찬은 고개를 끄덕였다.

당장 인원 한 명 느는 것을 반대할 이유는 없다. 그저 늙어빠진 퇴역 군인에게 너무 큰 기대를 하는 것이 어딘지 못마땅했을 뿐이다.

"참! 석강호가 내일부터 증평에 가서 아프리카에서의 작전에 대비한 훈련을 따로 할 예정이에요."

"그러면 좋지. 그런데 도대체 어떻게 SSIS의 실체와 심지어 그들과의 전투를 사전에 연습할 정도의 지식을 얻은 거지?"

석강호가 히죽 웃는 것을 본 김태진이 고개를 설레설레 저었다.

"역시 그냥 모른 척해야 하는 거지?"

김태진이 한숨을 내쉬며 커피 잔을 잡았을 때였다.

"박철수 대령을 오후에 만날 생각입니다. 같이 가시겠습니까?"

김형정이 강찬을 보며 입을 열었다.

"공수부대만 돌았던 친구인데 성격이 워낙 강해서 모두 부담스러워하는 면이 있습니다."

"이럴 때 지휘관과 불협화음까지 생기면 정말 좋지 않습니다."

"만나 보고 판단하겠습니다. 내일쯤 증평을 방문할 예정이니까 석 선생과는 인사를 나누게 될 겁니다."

"봐서 저도 내일 함께 가든가 할게요."

꼭 전하고 싶은 말이 있었는데

"그러시죠."

 김형정의 대답 이후로, 오광택 회사의 현황, 당장 몽골에 투입해야 하는 인원과 물품 등에 관한 이야기로 시간을 보냈다.

 점심은 근처에서 주문해서 먹었는데 누군가 밑에 내려가서 받아 와야 하는 터라 여간 불편한 게 아니었다.

 그렇다고 차 심부름이나 밥 심부름을 시키자고 직원을 뽑기는 그렇다.

 점심을 먹고 김태진과 김형정이 돌아간 다음이었다.

 강찬은 양범에게 전화를 걸어 바실리와의 통화를 간단하게 설명했다.

 [러시아가 쉽게 포기하기 어려울 겁니다. 그나마 강찬 씨이기에 그 정도 선에서 마무리된 거라고 봅니다. 괜찮으시면 광산을 인수할 회사의 증빙서류를 보내 주셨으면 합니다. 이틀 안으로 몽골 자원부에서 계약서 초안을 보내도록 하겠습니다.]

"그러시죠."

 [고맙습니다, 강찬 씨.]

"먼저 도움을 받았는데요."

 강찬은 통화를 마치고 바로 김형정에게 내용을 알려 주었다.

 오후 1시가 조금 넘은 시간이었다.

웅웅웅. 웅웅웅. 웅웅웅.

전화가 울렸다.

"여보세요?"

[어디냐?]

오광택은 평소와 다름없는 목소리였다.

[호텔에서 잠깐 보자. 시간이 언제 되는지만 말해. 내가 알아서 맞출게. 바쁘면 내가 그쪽으로 움직일 테니까 장소를 정하든가.]

"지금 어딘데?"

[호텔에 가는 길이다. 20분이면 도착해.]

"그 시간에 맞춰 갈게."

전화를 끊은 강찬은 자리에서 일어섰다.

⚜   ⚜   ⚜

남산호텔에 도착하자 주철범이 달려와서 강찬을 맞았다.

석강호까지 셋이서 방으로 올라갔을 때 오광택은 샤워를 막 마친 얼굴이었다.

"왔냐? 오셨습니까? 이리 앉으시죠."

오광택이 가리킨 소파의 탁자에는 커피가 준비되어 있었다.

"김태진 대표에게서 대강 들었다. 선고 끝나면 바로 나가야 한다면서?"

"그렇게 될 거 같은데? 그 외에도 특수팀 요원 몇 명과 그 정도 실력을 갖춘 퇴역 군인, 그리고 유비캅 직원들이 함께 나갈 거다. 적어도 자리가 완벽하게 잡힐 때까지는 그런 사람들이 필요하니까."

"총도 쏘고 그런 거냐?"

강찬이 끄덕이는 것을 본 오광택이 인상을 찌푸렸다.

"거기 더럽게 춥다던데?"

"그래?"

"야! 그것도 모르고 보내려고 그랬냐? 차를 타고 가다가 고장 나면 그냥 얼어 죽는 곳이라던데!"

"차를 안 타면 되겠네!"

"에이, 씨……!"

욕을 뱉다 만 오광택이 커피 잔을 들었다.

"애들 정리 중인데, 따라가겠다는 놈만 함께 갈 거다."

"잘 생각해. 기분대로 결정할 일은 아니야."

"생각은 갇혀 있는 동안 지겹게 했다. 당장은 철범이랑 해서 몇 놈만 가고 나머지는 마음이 서면 오라고 해 뒀다. 너도 가는 거 맞지?"

"그러려고."

"강호 형님은?"

오광택이 시선을 돌려 석강호를 보았다.

"나는 다른 일이 있어서 이번엔 못 가겠는데?"

"어? 형님이 어쩐 일로 애하고 떨어집니까?"
"그렇게 됐어."
"아쉬운데요?"
오광택은 실제로도 서운한 표정이었다.
"저녁 전에 김태진 대표와 만나기로 했어. 소개해 줄 분이 있다고 하던데, 너도 나오냐?"
"글쎄, 봐서 결정하자."
"그래."
오광택이 담배를 들어서 권했고, 셋이서 불을 붙이는 동안 잠시 대화가 끊겼다.
"후우!"
오광택은 연기를 길게 뿜어낸 다음 강찬을 향해 시선을 들었다.
"이번에 빵 살고 나오면 이민 가려고 했었다."
그러면서 나직하게 입을 열었다.
"뭐든 새로 시작하고 싶었는데 여기서는 절대 불가능할 거라는 생각이 들었거든. 몽골 아니라 정글이라도 갈 판이었는데 기회가 된 거지. 서류 붙들고 지랄하지 않아도 되는 일이라니까 더 마음에 든다."
"위험한 일인 것만은 확실히 알고 가."
오광택이 담배를 재떨이에 꽂으면서 고개를 끄덕였다.
"모르는 일에 매달려서 병신 되는 것보단 낫다."

오광택은 강찬의 눈을 똑바로 들여다보았다.

"다시 태어난다고 생각할 테니까 걸을 수 있을 때까지만 지켜 주라. 러시아 마피아가 어떤 놈들인지 모르겠지만, 나 오광택이다. 독기로 싸우는 건 지지 않을 거다."

"알았어."

"고맙다."

"가서 딴소리나 하지 마."

오광택이 픽 하고 웃었다.

⚜   ⚜   ⚜

"이제 어디 갈 거요?"

"미사리 가서 차나 한잔 마실까?"

"이 추운 날?"

석강호가 화들짝 놀란 얼굴로 강찬을 보았다.

"담배 피우려면 바깥에 앉아야 하는데 입 돌아가요."

"그럼 집에 들어갈래?"

"그건 좀 서운하지 않소?"

로비를 나와 호텔의 입구에 선 강찬은 문득 김형정과 함께 갔던 가게가 떠올랐다.

"좋은 데 생각났다. 거기 가자."

호텔에서 멀지도 않다.

강찬은 석강호와 함께 커다란 인형이 엄지를 세우고 있는 가게로 가서 가스난로를 켜 놓은 테이블에 앉았다.

연말이라 그런지 아직 이른 시간인데도 제법 손님이 많았다.

커피를 많이 마셨던 터라 석강호의 뜻에 따라 레몬차를 시켰는데, 한 모금을 마셔 보고는 바로 몸서리를 쳤다.

"에이!"

"그러게 왜 그런 걸 시켜?"

"이런 거 시키면 어딘지 좀 있어 보이잖소?"

"확!"

이놈하고 있으면 어떤 일과 부딪쳐도 킬킬거리게 된다.

"으히!"

석강호가 한 모금을 더 마셔 보고는 곧바로 치를 떨어 댔다.

"여기 있소."

그러고는 둘이서 담배를 하나씩 물었다.

"이제 대강 준비는 끝난 거요?"

"이건 급한 불만 끈 거야. 몽골과 아프리카 파병 사이에 일주일 정도 여유가 있으니까 대강 마치고 날아갈 생각이다. 그동안 제라르하고 의논해서 대원들 잘 지키고 있어."

"알았소."

"지 새끼들 목적이 우리 특수팀을 제거하려는 거라는 걸 잊지 마. 전에 우리는 아무것도 모르고 함정에 들어가 모가지하고 이마에 총을 맞았던 거잖아. 지금은 다 아는 일에 들어가는 거다. 어쩌면 이번 파병에 무언가 숨겨진 게 있을지도 몰라. 잘 판단해서 견디고 있어."

석강호가 고개를 끄덕였다.

"제라르가 외인부대 특수팀 사령관이 되었다니까, 하여간 그놈하고 무조건 의논해라."

"염병!"

"야!"

"알았소! 지금이니까 그런 거지, 아무렴 내가 그놈하고 싸우기라도 하겠소?"

마치 '그놈하고 싸울 거요!' 하는 것처럼 들려서 강찬은 눈매를 날카롭게 하고 석강호를 보았다.

"알았다니까요!"

"당장은 대원들을 지키는 게 제일이야."

"어허! 걱정하지 마쇼!"

강찬은 커다랗게 숨을 내쉬며 석강호를 보았다. 이건 완전히 물가에 애 내놓는 기분이었다.

"그 표정은 뭐요? 그건 그렇고."

석강호가 얼른 말을 바꿨다.

"오늘 같은 날, 미영이도 좀 만나고 하지 왜 이러고 있소?"

"그냥. 이상하게 가슴도 답답하고 뭔가 꽉 붙잡힌 느낌도 들고 그래서 그래."

"안 좋은 일이오?"

"그런 게 아니라, 거 왜 양팔을 꽉 잡힌 것처럼 옴짝달싹 못하는 기분 있잖냐? 누구도 만나고 싶지도 않고, 그냥 좀 혼자 있고 싶은 거."

석강호가 고개를 갸웃했는데, 강찬도 이유를 모르는 일인 거다.

"우리 술이나 한잔하러 갈까요?"

"그럴래?"

"그럽시다. 가서 폭탄주 몇 잔 시원하게 들이켜고 올 한해 털어 버립시다."

"그러자."

강찬은 석강호와 함께 자리에서 일어났다.

⚜　　⚜　　⚜

오광택은 방에 들어선 김태진과 강철규를 맞아 안쪽 소파로 안내했다.

"이리 오십시오."

"누가 다녀갔었나?"

"강찬하고 강호 형님이 좀 전에 갔습니다."

"그럴 줄 알았으면 전화해서 함께 볼걸. 우선 인사부터 하지. 이분이 내가 말씀드린 강철규 선배님. 선배님, 이쪽이 이번 광산 인수 회사의 대표인 오광택 사장입니다."

"강철규요."

"오광택입니다."

두 사람이 서로를 똑바로 바라본 채로 악수를 나눴다.

"앉으시죠."

"선배님, 이쪽으로 앉으십시오."

강철규는 김태진이 권한 소파 안쪽에 자리를 잡았다.

"커피 하시겠습니까?"

김태진이 바라보자 강철규가 고개를 끄덕였다.

오광택이 새로운 잔을 가져와 커피를 따르는 동안 잠시 침묵이 흘렀다.

"오 사장이 데려가는 직원들의 교육을 맡아 주실 거고, 당분간 경계 업무 전반을 여기 강 선배님이 총괄하실 거야. 그렇게 알고 협조했으면 싶어."

오광택은 힐끔 강철규를 보았을 뿐 다른 말을 하지는 않았다.

"우리가 알기로 러시아 마피아는 신형 총기로 무장했다고 하니까 처음엔 각별한 주의가 필요할 거야."

"알겠습니다."

김태진의 조언을 오광택이 적당하게 받은 다음이었다.

"오 사장은 총기를 다룰 줄 아시나?"

강철규가 커피 잔에서 시선을 들고 오광택을 보았다.

"저는 그냥 깡패였습니다. 어릴 때부터 빵에 들락거려서 군대도 안 갔고, 총이라고는 일본 쪽에서 건너온 권총 몇 번 잡아 본 거 하고, 얼마 전인가 싸움 끝에 뺏은 거 만져 본 게 전부였습니다."

오광택은 주저하지 않고 답을 했다.

"그런데 제가 어떻게 불러 드려야 합니까? 선배님은 좀 그렇고, 그렇다고 형님 소리는 안 나올 거 같고……."

"적당히 부릅시다."

강철규의 대꾸가 있은 다음이었다.

"일단 강 이사님이라고 하지. 당장은 우리 유비캅의 이사로 가실 거니까."

"그러시죠."

오광택은 짧게 답을 하고 시계를 들여다보았다.

"김 대표님, 조금 이르긴 한데, 요 앞 백반집이 맛이 제법 괜찮습니다. 가서서 찌개에 소주나 한잔 안 하시겠습니까? 연말도 됐고 괜찮을 거 같은데요. 뭐하면 전화해 봐서 강찬이도 부르지요."

"그 친구가 시간이 되겠나?"

"연말이잖습니까? 바쁘다면 할 수 없는 거고요."

"나야 괜찮지."

김태진이 강철규를 보았다.

꼭 전하고 싶은 말이 있었는데 • 149

"나는 술은 됐어. 자네하고 오 사장이 마시기로 하고 난 이제 집에 가 봐야겠다."

"왜? 술을 못하십니까?"

강철규는 입술 끝을 올리는 미소로 답을 대신했다.

"하기야 그럴 수도 있지요. 그럼 강찬이한테 전화해 볼까요?"

오광택은 더 권하지 않고 전화기를 들어 통화 버튼을 눌렀다.

"나다! 여기 김태진 대표님과 앞에 백반집에서 소주 한잔 할 건데 올래?"

말을 마친 오광택이 곧바로 김태진을 보며 픽 하고 웃었다.

"나쁜 새끼! 갈 거면 전화를 했어야지. 대표님 모시고 바로 갈 테니까 알탕이나 하나 시켜 놔."

전화를 내려놓은 오광택의 웃음과 통화 내용을 들으면 상황이 대강 짐작이 가는 거다.

"강호 형님하고 마침 거기 있답니다. 가시죠?"

오광택이 윗옷을 들기 위해 몸을 뒤로 돌렸을 때였다.

"그런데 강찬이란 분이 나이가 어떻게 되나?"

강철규가 두 사람을 번갈아 보며 질문을 던졌다.

제5장

미안하다, 아들아

일주일이 훌쩍 지났다.

석강호가 증평에 내려가 있는 그 일주일 동안, 김태진과 오광택은 누구보다 바쁘게 지냈다.

그도 그럴 것이 함께 몽골에 가겠다는 동생들의 숫자가 예상보다 적어서 직원을 더 보강해야 했고, 그들의 비자 발급, 그리고 각종 장비 조달까지, 옆에서 봐도 일이 적지 않았다.

그동안 강찬은 오전에 사무실에 나와 인터넷 검색과 전화 통화를 하며 시간을 보냈고, 오후가 되면 꼬박꼬박 집에 들어갔다.

강찬은 한 가지 생각에 집중하고 있었다.

미국이 함부로 건드리지 못할 정도로 강해지는 것.

그런데 김형정에게 듣고, 정보총국의 안느에게 물어서 알아낸 것들을 종합하면 자신의 바람은 도저히 불가능한 일처럼 느껴졌다.

권력에 빌붙어서 부와 힘을 누리는 놈들이 너무 많은 거다. 이 대한민국은.

열심히 노력해서 얻은 부를 자신과 가족들을 위해 쓰는 게 뭐가 나쁜가. 그런데 그렇지 않은 놈들이 너무 많았다.

강찬은 입맛을 다셨다.

이틀 뒤면 몽골로 출발해야 하는데 제대로 갖춘 것은 하나도 없다.

웅웅웅. 웅웅웅. 웅웅웅.

그때 전화가 울렸다.

"여보세요?"

[나요. 뭐하쇼?]

이 새끼 목소리를 들으면 이상하게 독이 올라오는 것처럼 기운이 난다.

[모레 출발한담서요. 내일 내가 올라갈까 했는데, 그러지 말고 특별한 일 없으면 대장이 잠깐 왔다 가면 어떻겠소?]

"고작 몽골 가는 거야. 갑자기 왜 이래?"

[이쪽은 아프리카 가잖소? 애들이 출발하기 전에 대장 보고 싶어 하는 거 같아서 그렇소. 그냥 한번 들렀다 갑시다.]

석강호의 넉살 섞인 말을 들으니까 또 은근히 대원들이

보고 싶기도 했다.

[어떡할래요?]

"갈게. 지금이… 4시 좀 넘었으니까, 저녁 같이 먹으면 되겠다."

[푸흐흐흐, 얼른 오쇼.]

"그래."

강찬은 전화를 끊고 최종일에게 증평에 가겠다는 말을 전했다.

"유슬이 얘기 들으셨습니까?"

"아니. 왜?"

"밥을 많이 먹는답니다."

최종일이 몸을 일으키며 말을 이었다.

"여군이 될 거라는데, 유슬이 엄마 말로는 돼지가 먼저 될 거 같답니다."

강찬은 그만 웃음을 터트리고 말았다.

늘 묵직한 최종일이 그런 말을 해서 더 웃겼는지 모른다.

⚜　　⚜　　⚜

"이건 정말……?"

"그렇지? 우연의 일치겠지만, 아들을 찾겠다고 결심한 이후에 자네가 찾아왔고, 다음으로 강찬이란 이름이 나온 거다. 그러니 내가 그렇게 관심을 가질 수밖에 없었지."

 김태진은 강철규가 꺼낸 사진 3장을 번갈아 보았다.

"선배님을 꼭 빼다 박았군요."

"난 그 녀석 얼굴도 기억이 잘 안 나."

 말뜻을 이해하지 못한 김태진이 조심스럽게 시선을 들었다.

"심할 때는 머릿속을 꼬챙이로 헤집는 느낌이었고, 그걸 잊을 만큼 약과 술에 취하면 다가오는 모든 것들이 내 목숨을 노리는 것처럼 느껴졌었지."

 강철규는 시간이 있을 때 한 번이라도 더 보겠다는 듯 사진으로 시선을 떨구었다.

"그거 이해하나? 아들인 걸 아는데 한편으로는 내 목숨을 노리는 적인 것처럼 느껴지는 거, 미안하고 불쌍하다고 느끼는데도 내 이성과 몸을 어찌하지 못하는 거."

 김태진을 슬쩍 본 강철규가 쓰게 웃었다.

"이해하기 어렵겠지. 지금도 끔찍할 정도로 약과 술이 그리워. 불명예제대로 쫓겨났을 때, 마누라가 그러더군. 약과 술에 의지해서라도 좋으니 살라고. 나라를 위해 악착같았던 만큼 가족에게도 그렇게 악착같으라고. 그런데 약과 술에 손을 대면서 나는 아예 악마가 되어 버린 거지."

 강철규가 낡아 버린 내복 상자의 안에서 통장을 하나 꺼내 들었다.

"이게 죽은 집사람이 아들 이름으로 적금을 들어 둔 통장이다. 고등학교를 졸업하면 독립시키려고 했던 모양인데 아들놈이 먼저 움직인 거지. 그리고 전사 통지서를 받은 다음 날……."

"병원에는 가 보셨습니까?"

"이쪽 머리에 박힌 파편을 꺼내자고 하던데, 위험부담이 커서 함부로 결정하기는 어려워."

김태진의 나직한 한숨이 터진 다음이었다.

"이 녀석 이름도 강찬이지. 이 더러운 피를 이어서인지 그래도 용병으로 갔더군. 내가 군인이었던 걸 전혀 몰랐을 텐데."

강철규가 사진으로 시선을 옮기며 말을 이었다.

"환갑이 낼모레인 내가 무슨 도움이 되겠나? 그렇더라도 최선을 다할 테니까 이놈 유골, 아니 유품이라도 하나 찾을 수 있게 도와주게. 그래서 이 녀석 어미 곁에 놓아줄 수 있게 해 줘."

김태진은 눈만 들어 강철규를 보았다.

'이 양반은 아들을 찾으면 죽을 결심인 거구나.'

확신처럼 든 생각이었는데 확인할 수는 없었다.

"이 녀석이 마지막 순간에 어떤 생각을 했는지 그게 가끔 궁금해."

그때 강철규의 음성이 나직하게 들려서 김태진은 얼른

미안하다, 아들아 • 157

시선을 들었다.

"그리고 이 녀석에게 꼭 전하고 싶은 말이 있었는데……."

강철규가 아프게 웃으며 뒷말을 삼켰다.

⚜ ⚜ ⚜

증평에 도착했을 때 석강호와 대원들은 드럼통을 잘라 만든 화덕에 고기를 굽고 있었다.

"어서 오쇼."

집게로 고기 한 점을 입에 넣은 석강호가 기름기 번들거리는 주둥이로 강찬을 맞았다. 그리고 다가온 대원들과도 인사를 나눴다.

"박 대령은?"

"그 양반, 첫날 이후로 한 번도 안 나왔소."

나무젓가락을 받은 강찬은 궁금한 시선을 들었다.

"이번 아프리카 파병도 자기는 구경만 할 테니까 동균이더러 다 알아서 하라고 했답디다. 뭘 알고 그러는 건지, 게을러서 그러는 건지……?"

"박 대령님은 게을러서 그러지는 않을 겁니다."

차동균이 고기를 집어서 왼손으로 받치고 입에 넣었다.

"워낙 야전에서 충돌이 많았습니다. 작전 장교분들이 오면 적당히 챙겨 주기도 하고, 이런저런 인사도 하고 해야 하는데 그런 양반들을 개무시하는 바람에 그런 평판이 생긴 겁니다."

뜨거운 고기를 입안에 굴려 가면서도 차동균은 하고 싶은 말을 다 전했다.

"일단 지켜보자. 그리고 이번에 아프리카에 가면 우선 제라르에게 많이 의지하는 게 좋아. 통역은?"

"2명이 함께 갑니다."

강찬은 고개를 끄덕여 주었다.

고기 같이 먹고 커피 잔 들고 함께 킬킬거린다.

몽골에 들렀다가 아프리카에서 다시 만날 예정이지만 그때까지 지금 이 인원이 모두 살아 있다는 보장은 없다.

적당히 먹었고, 배가 뚫린 윤상기와 통화도 했다.

서울로 출발하는 길에 대원들이 우르르 나와 막사 앞에 섰다.

"간다."

"몸조심하고, 아프리카에서 봅시다."

강찬은 피식 웃어 준 다음 승용차에 올랐다.

부대에서 빠져나와 국도에 올라탄 다음이었다.

"몽골에 출발하시면 저희 셋은 이쪽으로 합류해서 아프리카로 함께 가기로 했습니다."

최종일이 운전석 뒤에서 강찬을 향해 말을 건넸다.

"이번엔 군 득수팀만 된다면서?"

"석 선생님의 경우와 같습니다. 대테러 특수팀 신분으로 파병 나가는 것은 전혀 문제가 되지 않습니다."

강찬은 픽 하고 웃었는데 내심 든든하기까지 했다.

솔직히 어디 가서 이 정도 되는 실력자를 구해 오겠나? 게다가 함께 움직인 작전만 해도 적지 않아서 경험도 풍부했다.

강찬이 고개를 끄덕인 것으로 답이 됐다.

⚜ ⚜ ⚜

새벽에 눈을 뜬 강찬은 달리기를 마치고 샤워를 한 후에 아침을 먹었다.

"내일 출발이지?"

"예."

"이번엔 위험한 거 없는 거지?"

"여보? 전에 위험한 일이 있었던 적 있어?"

강대경이 아차 하는 얼굴을 했을 때 유혜숙이 두 사람을 번갈아 살폈다.

"유라시아 철도 일은 항상 위험하잖아요. 전에도 발표회장 일도 그렇고, 그래서 그러신 거예요."

"그럼! 그러엄! 그거 때문에 그런 거지! 이번엔 몽골에 가서 철로 설립 계약만 하고 바로 돌아온다잖아."

무언가 어설퍼서 강찬은 웃음이 나왔는데, 놀라운 것은 저런 변명에 유혜숙이 넘어간다는 거였다.

"이번 일로 경제적 효과가 엄청나다고 신문에 났더라. 함께 가는 분들도 많은 것 같고?"

강대경의 질문에 강찬은 아는 대로 답을 했다.

강대경도, 유혜숙도, 그리고 어지간한 주변 사람들 모두, 이번 몽골행은 그저 그런 광산 하나 인수하기 위해 출국하는 줄 안다.

이것이 아프가니스탄에서부터 이어진 연결 고리이고, 러시아와 중국이 끼어 있다는 것을 짐작하지 못하는 거다.

"옷 두툼하게 챙겨야겠더라."

"그럴게요."

강찬은 가장 그리워질 것 중 하나인 김칫국을 입으로 가져갔다.

⚜ ⚜ ⚜

"허억! 허억!"

강철규는 무릎을 세운 자세로 벽에 기대어 손바닥 안쪽으로 양쪽 관자놀이를 누르고 있었다.

끔찍한 고통이었다.

하루가 지나면 그만큼 고통은 생생해진다.

몸이 덜덜 떨릴 정도로 추운데 열이 불같이 오르고, 그런 순간부터 아침까지 머릿속을 꼬챙이로 헤집는 고통이 밀려온다.

신기하게도 해가 뜨면 통증이 어느 정도 가라앉았다. 의사의 말로는 '심리적 위안 효과'라고 했는데, 중요한 것은 그런 명칭이 아니라 그나마 조금이라도 고통이 덜하다는 것이었다.

"후우!"

강철규는 나직하게 숨을 내쉬고는 고개를 들었다.

피식.

그리고 입술 한쪽을 올리며 웃었다.

"몽골에 러시아 마피아라……."

강철규는 고개를 끄덕이며 숨을 천천히 들이마셨다.

곱게 죽지 못할 거라는 짐작은 있었다.

비무장지대에서 죽인 사람의 숫자가 너무 많았고, 그 때문에 마누라와 자식이 이렇게 되었는지 모른다.

"강철규의 마지막으로 적당한 곳이군."

강철규는 오른쪽에 두었던 내복 상자를 열었다.

"찬아……."

얼굴도 생소하다.

이 녀석을 그렇게 두들겨 팼다니…….

이런 눈빛을 가지고 왜 단 한 번도 반항하지 않았을까?

강철규는 강찬의 사진을 들어서 무릎 앞에 두었다.

"아버지는 너 있는 곳에 못 갈 거다."

피식.

"너도 전쟁터에 있었다니까 어쩌면 지옥에 있을지 모르겠다만, 아버지만큼은 아닐 거다. 아버지는 지옥에서도 가장 깊은 곳에 떨어질 거 같거든."

갑자기 관자놀이를 꿰뚫는 고통이 밀려와 강철규는 고개를 비틀며 인상을 찌푸렸다.

"후우."

잠시 후였다.

환한 햇볕이 방으로 들어왔다.

"살아 있다면… 죽어서라도 만날 수 있다면, 꼭 전하고 싶은 말이 있다."

강철규가 텅 빈 방 안을 이리저리 둘러보았다.

"미안하다, 아들아."

그리고 이를 악문 채로 말을 꺼냈다.

"절대로 용서가 안 되겠지만, 그래도 들을 수 있었으면 좋겠다. 아버지가 맑은 정신으로 하는 사과니까 오해하지 않았으면 싶다."

잠시 감정을 추스른 강철규가 내복 상자를 들고 천천히 일어났다.

"엄마가 모은 돈은 아이들을 위한 재단에 넣기로 했다. 엉뚱한 놈이 찾아서 술 처먹는 것보다는 나을 것 같아서 그렇다."

강철규는 숫제 옆에 강찬이 있기라도 한 것처럼 말을 뱉고 있었다. 며칠 안 됐다. 갑자기 정말 아들이 방 어딘가에서 듣고 있는 것 같았고, 이렇게 주저리주저리 떠들면 고통도 좀 덜한 느낌이 들곤 했다.

"선배님!"

그리고 그때, 밖에서 김태진이 부르는 소리가 들렸다.

⚜ ⚜ ⚜

강유재단에 도착한 강철규는 의심스러운 눈빛을 띠었다. 건물이 너무 새것이라 어딘지 사기꾼 냄새마저 나는 느낌이었다.

"강찬이 그 친구가 임대료를 알아서 줄였다고 했습니다. 그리고 그 부모님은 이런 돈에 손대실 분들이 아닙니다."

강철규는 다른 말을 하지 않았다.

"건물이 참 높네."

그리고 천천히 위를 올려다보았다.

강찬이란 통장 이름 때문에 김형정의 도움을 받아 돈을 아예 찾아왔다.

이제 이 돈을 재단에 기부해서 어린아이들을 위해 사용한다면 더 바랄 것도, 한이 될 것도 없었다.

⚜   ⚜   ⚜

　강찬은 창가에 서서 건물 주변을 둘러보았다.
　'뭐지? 뭐가 있어서 이렇게 기분이 묘한 거지?'
　새해 들어 이런 느낌이 잦았는데 지금처럼 강렬한 적은 없었다.
　'뭔가 있는 건가?'
　내일 몽골로 출발이다.
　그런데 이런 감정은 지금껏 처음 느껴 보는 거라서 뭐라고 말을 하기 어려웠다.
　물론 주변 건물에서 저격을 할 수도 있다.
　그렇다면 심장이 두근거려야지, 이렇게 먹먹한 기분이 들어서는 안 되는 거다.
　제법 시간이 흘렀는데도 느낌은 바뀌지 않았다.
　강찬은 일단 건물을 나가 보기로 했다.
　웅웅웅. 웅웅웅. 웅웅웅.
　그런데 그때 전화가 울렸다.
　"여보세요?"
　[차니! 아버님과 어머님 입주 다 끝나서 오늘부터 정상 업무 시작이야. 나 밥 안 사 줘?]
　하긴, 미쉘이 고생 많았다.
　어차피 건물에서 나가려던 참이다. 거기에 내일 몽골에

들렀다가 다시 아프리카로 가야 하는 거여서, 이참에 밥 한 끼 사는 것도 나쁘지 않은 일이다.

"그래. 점심? 저녁?"

[미영이랑 아직 안 만났지?]

이게 왜 그런 걸 물어보지?

강찬은 대답하지 못했다.

[점심 먹자. 지금 지하 주차장으로 내려오세요.]

"그래."

전화를 끊은 강찬은 천천히 몸을 움직였다. 이상하게 머리가 아픈 것 같기도 했다.

전용 엘리베이터로 1층으로 가서 다시 지하로 가는 일반 엘리베이터를 탄다.

띠잉.

지하 2층에 도착했을 때, 미쉘이 차를 입구에 대고 기다리고 있었다.

"어서 와! 어떻게 같은 건물에 있는데 전보다 더 보기 힘들어."

부우웅.

차가 출발하고 미쉘이 기분 좋게 웃는 모습을 보자 조금은 마음이 가벼워졌다.

"뭐 먹으러 가냐?"

"갈비탕! 정말 맛있어."

금발에 파란 눈을 한 프랑스 여자애가 갈비탕을 이야기하면서 입맛을 다신다.

웅웅웅. 웅웅웅. 웅웅웅.

그때 전화가 울렸다.

"여보세요? 대표님?"

[응. 자네, 지금 어디야?]

"점심 먹으러 잠깐 나왔어요. 왜 그러시는데요?"

[아하! 자네 건물에 와 있거든. 점심이나 같이할까 했지.]

눈치를 살핀 미쉘이 돌아가도 된다는 눈짓을 했다.

"제가 갈까요? 지금 바로 갈 수 있어요."

[아니. 여기 선배님도 계셔서 우린 오광택 사장에게 넘어갈게. 어차피 내일이면 함께 몽골 갈 건데 급할 게 없잖아?]

"정말 괜찮으시겠어요?"

[그럼! 나중에 통화하자구.]

전화를 끊은 강찬은 미쉘에게 고갯짓을 했다.

"안 가 봐도 돼?"

"같이 온 분이 있는데 기다리기 어려운 모양이야."

미쉘은 강찬의 눈치를 살피고 다른 말을 하지 않았다.

갈비탕 집은 꽤 붐볐는데 충분히 그럴 만했다.

밥을 다 먹은 후에 미쉘은 남산의 뒤편으로 돌아가 넙따린 카페에 늘어섰다.

테라스도 있고, 역시나 우산처럼 위가 펼쳐진 가스난로도 있는 카페.

"사무실 안 들어가도 돼?"

"오늘은 특별한 일정이 없어. 아마 앞으로 2주 정도는 이럴 거야."

미쉘의 답을 들으며 강찬은 고개를 끄덕였다.

바쁠 때와 한가할 때의 차이가 이토록 극명하게 나는 직종이 또 있을까 싶었다.

커피를 주문했고, 편안하게 앉았다.

"몽골은 내일 출발하는 거지? 옷은? 내가 좀 구해 놓을까?"

강찬이 픽 하고 웃는 것을 본 미쉘이 좀 더 적극적으로 달려들었다.

"어때서 그래? 잠자리도 못하는데 옷이라도 사면서 기분을 풀게 해 줘야지."

"미쉘이 생각하는 옷을 사면 거기에선 하나도 못 쓸까 봐 그래. 이번은 베이스 기지를 만들러 가는 거니까 우선 군복처럼 막 입고 튼튼한 옷이 좋아."

"그런 걸로 구하면 되지."

"여기까지만."

강찬의 웃음을 본 미쉘이 고개를 끄덕였다.

"우리 협상할까?"

"뭐?"

강찬의 시선을 받은 미쉘의 표정이 제법 진지했다.

"나 때문에 미영이한테 제대로 못 가는 거 같으니까 그냥 나는 깨끗하게 차니 아이 하나만 낳을게. 어때?"

기가 막혀서 웃다가 코가 나올 뻔했다.

"그것도 싫어?"

"까분다."

"잘 생각해, 차니. 이런 기회 별로 없어."

이 녀석은 점점 더 편해진다. 만날 때마다.

"찬이가 진짜 하는 일은 뭐야?"

"알면 다친다."

미쉘이 파랗게 빛나는 커다란 눈으로 웃었다.

"갑자기 바뀌어서 온 거야. 어느 날 갑자기 훌쩍 성장한 느낌인 거 알아? 나보다 어렸던 사람이 같은 나이처럼 느껴지다가 지금은 나이가 많은 사람으로 보여."

미쉘이 담배를 집어서 입에 물었다.

찰칵.

강찬이 라이터를 켜 주자 고개를 숙인 미쉘의 기다란 속눈썹이 매력적으로 깜박였다.

"이해가 안 되는 남자는 정말 매력 있어. 내 것이 안 될 것 같아서 더 끌리기도 하고. 거기에 차니는 처음부터 미영이라는 여자에게 집중했기 때문에 더 매력적일 수도 있지."

강찬이 픽 하고 웃으며 커피 잔을 들었을 때였다.

"내가 이렇게 매달리는 것을 받아 주는 것도 고마워. 하지만 한 가지 바람은 있어."

"그게 뭔데?"

"그걸 몰라?"

"모르겠는데?"

정말 몰라서 물어본 거다.

"가끔은 좀 뜨거워져도 돼. 그게 나든, 미영이든."

"어휴!"

미쉘이 재미있다는 얼굴로 환하게 웃었다.

"뭐가 문제야?"

"네가 문제다."

이번엔 소리까지 내면서 웃었다.

역시나 주변에 있던 사내놈들이 힐끔거리면서 미쉘의 얼굴과 가슴을 힐끔거렸다.

"왜 결정적인 때 도망가?"

"도망은 누가 도망을 가?"

"그렇잖아? 나한테는 미영이가 걸린다고 하고, 미영이는 어려서 그런다, 감정이 정리되질 않는다, 그렇게 핑계만 대고 있잖아?"

"야, 그럼 고등어를 어떻게 하라고?"

"누가 들으면 30대 아저씨가 하는 소린 줄 알겠어."

당장 대꾸할 말이 떠오르지 않아서 강찬은 미쉘을 빤히

보았다.

"솔직해도 돼. 감정이 이끄는 대로, 몸이 원하는 대로 해도 돼. 나랑은 부담 갖지 않아도 되는 거고, 미영이는 정말 사랑하는 거니까 괜찮은 거고. 나중에 미영이가 후회할 거라는 핑계로 도망 다니는 건, 지금 미영이에게 너무 잔인한 일이야."

강찬이 고개를 갸웃하자 미쉘은 그럴 줄 알았다는 듯 웃었다.

"미영이가 차니를 기다리고 있다는 건 알지?"

그런가?

질문을 받고 보니 대답할 말이 없었다.

"알고 있잖아? 차니 말대로 아직 고등어인 애가 차니 전화만 기다리고 있는 거야. 걔가 싫다고 말하지도 않았고, 언제고 전화하면 반갑게 받아 주는 것도 알면서 왜 그 친구한테도 솔직하지 못해?"

"그건……."

분명 이유가 있었던 것 같은데 당장 어떤 이유인지 똑 부러지게 말하지 못할 것 같았다.

"차니, 난 언제고 괜찮아. 이런 사랑을 처음 해 보는 거라서 지금 이런 순간이 진심으로 행복하고 감사해. 하지만 미영이는 달라. 모든 것이 처음인 아이잖아? 내가 보기에 부모님 두 분도 서로 사랑하고 계시는 거 같은데, 도대체 무슨 트라우마가 있어서 그렇게 겁내?"

"겁을 낸다고?"

"그렇잖아? 결정적인 순간이 되면 겁을 내잖아? 누군가 가슴에 담기는 것이 무서운 사람처럼."

커다랗고 파란 눈을 한 미쉘이 강찬을 똑바로 바라보고 있었다.

"나랑 자는 것은 감정이 허락하지 않아서 그렇다고 쳐. 그리고 난 차니의 그런 모습에 이렇게 빠져든 거고. 그럼 미영인? 자는 게 아닌데, 감정만으로 충분히 사랑을 확인할 수 있는데 그건 뭐가 겁나? 고등학생이라서? 그건 너무 비겁한 변명인 거잖아? 만약 미영이가 차니를 진심으로 사랑하고 기다리고 있는 거라면 지금 차니는 미영이에게 너무 잔인한 거야. 기약 없는 기다림을 주는 거니까."

이게 오늘 왜 이렇게까지 나오지?

그런 것 같기도 하고 아닌 것 같기도 해서 강찬은 대꾸할 말이 없었다.

"답을 모르겠으면 그냥 내 얘기대로 해."

"어떻게?"

"나랑 시원하게 하루 자고!"

"야!"

미쉘이 깔깔대며 웃었다.

"내일 출국하기 전에 미영이 만나서 조금은 진심을 전해 줘. 차니가 누구에게도 비겁하지 않은 사람이었으면 좋겠어. 내가 사랑하는 차니는 그런 사람이 아니니까."

　나직하게 숨을 들이마셨고, 그보다 길게 내쉬었다.

　지금의 감정들을 어떻게 다 이해시킬 수 있을까?

"내 생일, 다음 달이야."

"뭐?"

"생일 선물 잊지 않았지?"

　강찬이 픽 하고 웃자 미쉘이 눈과 입술을 길게 늘이며 미소 지었다.

"프랑스 여자는 프랑스식으로, 한국 여자는 한국식으로 만나라고."

"그런 거 안 되는 거 알지?"

"난 생일 선물만 받으면 돼."

　강찬이 웃자 미쉘이 따라 웃었다.

　자리에서 일어나서 사무실로 돌아왔을 때는 오후 2시쯤이었다.

　도착하고 얼마 지나지 않아서 프랑스 대사관 요원 한 명이 찾아와서 우희승과 함께 올라왔다.

"정보국에서 보낸 물건을 가져왔습니다."

　요원은 가로와 세로가 각각 45센티미터가량 되는 네모난 상자들 가져왔다. 두께는 20센티미터쯤 되었다.

　수령증에 상찬의 사인을 받은 요원은 곧바로 돌아갔다.

미안하다, 아들아 • 173

누런 종이 상자다.

우희승이 커터 칼을 가져와 테이프를 잘라 내자 가로세로 30센티미터의 정사각형 평면 모니터가 나왔다.

전기 코드가 3선이라 당장 쓰기에는 문제가 있었다.

강찬은 내용물을 확인하고 안느에게 전화를 걸었다.

[안느입니다, 무슈 강.]

"모니터를 보냈던데 이게 뭐지?"

[위성에서 포착한 화면을 동시에 볼 수 있는 수신기입니다. 전원을 연결하면 3대의 위성이 오른쪽에 표시되고, 터치한 위성이 잡은 화면을 실시간으로 볼 수 있습니다.]

"전원이 안 맞는데?"

[한국의 경우는 가운데 접지선을 잘라 내시면 아무런 지장 없이 사용할 수 있습니다. 몽골에서는 UPS를 사용하시면 됩니다.]

"지금도 작동되나?"

[몽골 현지 위성 하나, 아프리카 위성 2대가 자동으로 연결되게 되어 있습니다. 만약 분실이나 탈취되었을 경우, 정보총국에서 파괴할 수 있습니다.]

"좋은데? 고마워, 안느."

[무슈 강, 정보총국의 부총국장인 것을 잊으시면 안 됩니다.]

"또 연락하지."

전화를 끊은 강찬은 우희승에게 접지선을 자르게 하고 전원을 연결했다.

대략 2분 정도의 시간이 흐르자 실제로 오른쪽에 얇은 3개의 칸이 표시되었고, 나머지 화면에는 강찬이 있는 건물이 비쳤다.

"뭐야? 이 정도면 오늘 내가 뭘 먹었는지도 알겠는데?"

"이건 정말 굉장합니다."

최종일과 우희승, 이두범도 감탄하며 시선을 빼앗길 정도였다.

모니터는 손가락을 이용해 화면을 움직일 수도 있었고, 축소와 확대가 가능했다.

"염병할."

강찬은 나직하게 욕을 뱉어 냈다.

이런 첨단 기구를 이용하는 나라를 상대해야 하는 거다. 모르긴 몰라도 전화 한 통만 해도 이미 내용을 알고 있는 영국, 미국, 러시아, 독일도 거의 이 정도 수준이라고 봐야 하는 게 맞다.

강찬은 새삼 정보전의 능력 차이를 실감하고 있었다.

모니터에 표시된 다른 위성을 선택하자 아프리카와 몽골 지역으로 보이는 평야가 나왔다.

이것도 신기하다.

"이거 김 팀장님께 전해 드려."

"그래도 되겠습니까?"

"내가 들고 다니는 것보다 훨씬 효과적으로 쓸 것 같은데?"

"알겠습니다."

최종일이 전원을 뽑아서 상자에 정리할 때였다.

웅웅웅. 웅웅웅. 웅웅웅.

강찬의 전화가 울렸다.

'누구지?'

모르는 번호로 전화가 오는 일은 드물다. 가끔 엉뚱한 광고 전화가 오기는 하는데, 개인 번호가 이렇게 뜨지는 않아서 강찬은 일단 통화 버튼을 눌렀다.

"여보세요?"

[박철수 대령입니다. 혹시 강찬 부원장님 되십니까?]

"예, 제가 강찬입니다."

[갑자기 전화드려서 죄송합니다. 괜찮으시면 잠깐 뵙고 싶습니다. 시간 어떠십니까?]

아직 한 번도 본 적 없는 사람이 대뜸 전화를 걸었다. 쇳소리가 섞여서 시간을 안 내주면 가만있지 않겠다는 것처럼 들렸다.

"지금 어디신데요?"

[삼성동입니다.]

"김형정 팀장님과 같이 계신가요?"

[그렇습니다. 김 팀장님께서 전화하겠다는 걸 제가 직접

했습니다.]

이 남자도 참 직선으로만 살았구나 싶은 음성이었다.

"그렇다면 함께 와 주실 수 있나요? 마침 김 팀장님께 전해 드릴 것도 있어서요."

[잠시만 기다리십시오.]

각이 딱 선 답이 있고 나서 잠시 틈이 있었다. 아마도 김형정에게 시간이 어떤지를 묻고 있는 듯싶었다.

[지금 출발해도 되겠습니까?]

"그러시죠."

[바로 출발하겠습니다.]

전화를 끊자 웃음이 먼저 나왔다.

"박철수 대령이 이리 온다는데? 김 팀장님과 함께 온다니까 그건 이따가 바로 전해 드리면 되겠다."

"알겠습니다."

우희승이 안쪽에서 적당한 가방을 가져와 모니터 상자를 안에 담았다.

⚜ ⚜ ⚜

"그냥 형님이라고 부릅시다."

오광택의 사무실이다.

강철규는 힐끔 시선만 주었을 뿐 대답이 없었다.

"나이가 많아서 기분 나쁘신 거면 그런 건 죄송합니다. 그런데 워낙 이렇게 살아와서 이사님 소리가 입에 안 붙는 걸 어쩝니까? 눈빛도 그렇고, 그냥 형님이라고 합시다."

피식.

강철규는 대답 대신 웃기만 했다.

"형님은 얼굴은 전혀 다른데 이상하게 표정하고 눈빛, 그리고 무엇보다 그 웃음이 정말 강찬이하고 똑같습니다. 나중에 진짜 한번 따져 봅시다. 혹시 먼 친척 아니요?"

"나는 몰라. 한 번이라도 본 적이 있어야지?"

"희한하지. 저 말투도 그렇다니까."

"태진이도 그러던데, 그 친구가 그렇게 나하고 닮았나? 아직 20살이 안 되었다던데?"

"말도 마십쇼. 숫제 괴물입니다, 괴물. 그런 놈이 깡패 했다면 난 더 빨리 은퇴했을 겁니다. 괜히 그놈한테 잡아먹혀서 망신당하느니 얼른 물러나는 게 좋지요. 주차장 박기범이를 혼자 주저앉혔을 때도 놀라기는 했지만, 이 정도 괴물이 될 줄은 정말 몰랐습니다."

강철규의 눈을 본 오광택이 웃으면서 말을 이었다.

"형님, 목도 깔깔한데… 아! 술을 안 한다고 하셨지? 그럼 시원한 거 한 잔 마시면서 그 얘기나 좀 들려 드릴까?"

강철규가 픽 하고 웃자 오광택이 고개를 저으며 인터폰을 들었다.

"야! 여기 맥주 500 한 잔하고, 주스도 500잔에 하나 가져와."

강철규가 기가 막힌 표정으로 오광택을 보았다.

⚜ ⚜ ⚜

"박철수 대령입니다."

"강찬입니다."

레슬링 선수 출신이겠구나 싶을 정도로 다부진 체형이었는데 키는 175센티미터 정도였다. 무엇보다 완전하게 무너져서 흔적만 남은 왼쪽 귀가 레슬링 선수라는 확신이 들게 했다.

강찬에게 경례를 먼저 한 박철수는 답례를 하기도 전에 손을 내밀었다.

꽈악.

악력이 장난이 아니었는데, 강찬의 손을 잡은 박철수의 눈가에 놀라움이 스쳐 지나갔다.

"앉으시죠."

"사무실이 좋습니다."

뻥 뚫린 공간에 여기 탁자 하나, 그리고 구석에 책상과 별도의 탁자 하나가 전부인 공간이다.

검은색 진 바지에 폴라티, 항공점퍼를 입은 박철수는 허리를 곧추세우고 탁자에 앉았다.

이두범이 차를 가져다주자 박철수가 힐끔 보고는 짧게 눈인사를 했다.

"바쁘실 줄 알면서도 몽골로 출국하시기 전에 뵙고 싶어서 제가 여기 김 팀장님께 졸랐습니다."

"제가 증평에 가려고 했는데 시간이 안 맞아서 못 갔습니다."

"아닙니다."

마치 갓 입대한 신병과 이야기를 나누는 것처럼 박철수는 행동과 말이 딱딱 부러졌다.

"담배 하시나요?"

"이런 사무실에서 피워도 됩니까?"

"안 피우시면 서운했을 것 같은데요?"

입술을 길게 쭉 늘여서 웃어 보인 박철수가 점퍼 주머니에서 담배와 라이터를 꺼냈다. 이 양반은 웃는 것도 각이 있다.

"여기 있습니다."

국산 담배다. 그것도 가격이 가장 싼 담배.

강찬은 두말하지 않고 박철수가 건넨 담배를 받고 그와 김형정에게 라이터를 켜 주었다.

"박 대령이 부원장님께 꼭 드리고 싶은 말이 있다고 해서 왔습니다."

"저도 뵙고 싶었었는데요."

차를 마시고 담배를 물자 어색한 분위기가 조금은 가라앉았다.

"부탁이 있어서 왔습니다."

박철수가 재떨이에 담배를 확실하게 꺾어서 끈 후에 입을 열었다.

"제가 증평의 특수팀을 맡기로 한 것은 최성곤 장군님의 뜻을 알기 때문입니다."

하고 싶은 말이 뭔지는 모르지만, 아직 본론이 나오지 않아서 뭐라고 대꾸할 말이 없었다.

"군에서 내려오는 부당한 지시는 제가 다 막아 내겠습니다. 대신 특수팀은 지금처럼 부원장님께서 관리해 주셨으면 합니다."

이게 무슨 소리지?

강찬의 의아한 시선을 받은 박철수가 곧바로 말을 이었다.

"3공수 시절에 예편하려고 했었던 적이 있었습니다. 그때 최 장군께서 저를 붙잡으셨습니다. 저 같은 군인이 필요한 때가 반드시 온다고, 그때 저 같은 군인이 없어서 이 나라의 마지막 보루를 지키지 못한다면 최 장군이나 저나, 증평의 특수팀 모두 나라에 죄를 짓는 거라고. 이제 제가 할 일을 찾았습니다. 제가 증평의 특수팀을 맡은 이유입니다."

뒤통수로, 귀 뒤로, 그리고 목을 타고 소름이 돋는 느낌이있다.

그만큼 박철수의 표정, 음성, 눈빛은 강렬했다.

"최성곤 장군의 뜻을 저만큼 잘 아는 후임도 없을 겁니다. 그동안 세 번쯤 저를 데려오시려고 했는데 상부에서 반대가 워낙 심했습니다. 최 장군님 밑에 저까지 있으면 아예 통제가 되지 않는다고 판단했었을 겁니다. 지금은 맡을 사람이 없으니까 다른 선택이 없습니다. 그러니 저는 지금껏 최 장군님이 하셨던 것처럼 방패막이가 되겠습니다. 대신 특수팀은 부원장님이 계속 지휘해 주십시오. 이상입니다."

말을 마친 박철수가 담배를 들었을 때, 강찬은 마법에서 깨어난 느낌이었다.

가장 먼저 웃음이 나왔다.

이놈의 나라엔 왜 이렇게 멋진 남자가 많은 거지?

어쩌면 받아들이는 감정이 달라서일지도 모른다.

"박 대령님."

"말씀하십쇼."

박철수가 담배를 얼른 탁자 아래로 내렸다.

완벽하게 상관을 대하는 자세였는데 부원장이란 직급을 챙긴 건지, 그동안의 성과에 대한 존경심인지는 확실하지 않았다.

"최 장군님이 안 계셨다면 그동안의 작전은 없었을 겁니다."

이번에는 박철수가 의아한 눈빛으로 강찬을 보았다.

"대원들을 그렇게 꽁꽁 하나로 묶어 놓은 분이 안 계셨다면 아무리 기회가 되었더라도 작전에 나서지 못했을 겁니다."

생으로 타는 담배 연기가 탁자를 타고 올라와 천장으로 빨려 들어가고 있었다.

"언젠가는 특수팀이 홀로 움직여야 할 때가 생길 겁니다. 이번에 아프리카도 어쩌면 끝까지 제가 합류하지 못할 수도 있습니다. 대령님이 한 발 빠지시는 것처럼 말씀하시면 대원들은 의지할 곳이 없습니다. 같이 가실 거면 끝까지 같이 가는 거고, 아니면 아닌 겁니다. 저는 최 장군님이 그런 분이라고 알고 있습니다."

박철수가 씨익 웃으면서 담배를 껐다.

"부원장님 말씀은 잘 알겠습니다."

"잘 부탁드립니다."

"맡겨 주십시오."

지금껏 듣고만 있던 김형정이 가장 만족한 웃음을 보였다.

⚜   ⚜   ⚜

"정말 이걸 못 보셨단 말씀입니까?"

"의도적으로 군과 관련된 건 피하고 있었다니까. 오죽하면 집에 TV가 없었겠나?"

김태진의 사무실로 자리를 옮긴 강철규는 한쪽 벽에 걸린 대형 TV에서 시선을 떼지 못했다. 아프가니스탄에서 활약

하는 한국 특수팀의 모습이 찍힌 화면이었다.

"저 친구가 강찬이라는 거지?"

"그건 말씀드릴 수가 없습니다."

강철규는 피식 웃으면서도 화면에서 잠시도 눈을 떼지 못했다.

움찔!

강찬이 백병전을 벌이는 장면에서 강철규의 몸이 금방에라도 튀어 나갈 것처럼 움직였다.

김태진은 강철규의 번들거리는 눈빛, 한쪽 끝이 슬쩍 올라간 입술, 그리고 꽉 쥔 두 주먹만 보았다.

재활에만 3년을 매달렸다고 했다.

아직도 고통을 이겨 내기 위해 눈빛이 번들거릴 때, 악착같이 다진 체형만 봐서는 지금껏 현역에서 생활했다고 해도 믿을 정도였다.

"저 친구는 감을 아는군."

김태진이 고개를 들었을 때였다.

"저런 건 느낌으로 아는 거다. 심장이 알려 주지. 그리고 호흡을 셀 수 있게 되면 그때부터 완벽한 살인 병기가 되는 거지."

말을 마친 강철규가 이를 꽉 깨물면서 화면을 보고 있었다.

제6장

그리고…

말을 마친 박철수와 김형정이 사무실을 나섰다.

물론 위성 영상 수신기를 김형정에게 들려서 보냈고, 내일 출발하는 팀에 챙겨 두라고 전했다.

이로써 준비가 모두 끝난 거다.

일찍 들어가서 강대경, 유혜숙과 밥을 먹을 수도 있고, 김미영을 만날 수도 있었다.

강찬은 우선 김미영에게 전화를 걸었다.

[여보세요?]

이 아이는 언제 들어도 목소리가 맑다. 어쩐지 요즘은 자꾸만 진흙을 묻히고 있는 건 아닌가 싶을 정도였다.

"연락 늦어서 미안해."

[바빴던 거잖아.]

정말 서운하거나 화가 나지 않았을까?

"갑자기 전화해서 미안한데 저녁 같이 먹을 수 있어?"

[응! 오늘?]

대답을 해 놓고 묻는 건 또 뭔지, 웃음이 픽 하고 나왔다.

"지금 아파트 앞으로 갈게. 20분쯤 뒤에 나와. 날 추우니까 먼저 나오지 말고."

[알았어.]

전화를 끊으면서 문득 미안하다는 생각이 들었다.

강찬은 사무실을 나서며 강대경에게 저녁을 먹고 들어간다고 전화를 걸었다. 그리고 이어서 남산호텔 일식당에 전화를 걸어서 두 자리 예약도 부탁했다.

아파트에 도착하기까지 꼭 20분이 걸렸다.

이번엔 벤치에 앉아 있던 김미영이 먼저 일어나 달려왔다.

와락!

똑같다. 지난번에 만났을 때와.

"일찍 나왔지?"

"아냐."

아련한 비누 냄새와 샴푸 냄새도 같았다.

"밥 먼저 먹자."

"응!"

강찬은 아파트 앞에서 택시를 타고 남산호텔로 향했다.
"호텔에서 먹으려고?"
"응."
"거기 비싸잖아?"
"나 월급 받는 거 있어."
"그래두?"
까만 눈동자가 빤히 바라보는 것이 이렇게 숨 막히는 일인 줄은 몰랐다.
"머리는 길러 볼 생각이니?"
"응. 졸업하는 거니까. 지금은 길러 볼 생각이야. 자를까?"
"난 상관없어."
"응! 응!"
그래도 대강 정리는 하는 게 좋지 않을까 싶었다. 특히나 눈썹 위 일자로 자른 머리만큼은 좀 손봐 주고 싶었는데, 그렇더라도 함부로 권하기는 어려웠다.
호텔에 도착한 강찬은 우선 예약한 일식당으로 움직였다.
"오늘 저녁은 여기서 먹자. 전에 회 먹던 거 생각났어."
"여기 맛있어?"
"그럴걸?"
입구에 도착하자 매니저가 반갑게 맞아 주었다.
"이쪽으로 오세요."
오른쪽 창가에 따로 만들어 놓은 자리다.

두 사람을 안내한 매니저가 뜨끈한 물수건을 먼저 건네주었다.

"회로 먹고 싶은데 알아서 주세요."

"그렇게 하겠습니다. 혹시 술은 필요하지 않으신가요?"

"글쎄요? 맥주나 한잔할까요?"

김미영이 놀란 눈으로 두 사람을 번갈아 보았는데, 매니저는 보기 좋은 미소를 잃지 않았다.

"준비해 드리겠습니다."

매니저가 사라지자 김미영이 상체를 바싹 기울였다.

"여기 자주 왔었어?"

"아니. 두 번짼가 그래. 전에 디아이라고 드라마 제작하는 팀하고 한 번 왔었고, 그 뒤에도 비슷하게 한 번 왔었던 거 같은데?"

김미영은 고개를 끄덕이며 내부와 창밖을 둘러보았다.

보통 강남이라는 곳에 살면 호텔에 밥 먹으러 한두 번씩은 다니지 않나? 더구나 아버지 김관식의 직업이 판사라면 더더욱이나 말이다. 그런데도 김미영은 어색하고 당황한 얼굴이었다.

어쩌면 저런 표정이 강찬의 실체에 접근한 김미영의 반응일 거란 생각이 들었다.

'그래. 핑계였을지 몰라. 내가 가진 실제 모습을 보면 김미영이 받아들이지 못할 것을 겁내서 나 혼자 뒷날을 변명

하고 있었는지 모르는 거지.'

잠시 바깥을 보고 있는 동안 맥주가 나왔고, 이어서 간단한 요리들이 이어졌다.

"얼른 먹어 봐."

"응!"

강찬은 절반 조금 넘게 맥주를 따른 다음 김미영 앞에 놓아주고 앞에 놓인 잔을 가득 채웠다.

"건배하자."

"응!"

어색한 웃음을 담고 김미영이 잔을 들었다.

"시험 볼 때 옆에 없었던 거 미안해."

"호호호."

저 웃음이 없으면 이제 서운할 지경이다.

강찬이 반쯤 마시고 잔을 내려놓을 때 김미영은 입만 대고 인상을 찌푸린 다음 잔을 내려놓았다.

다른 세상에 사는 아이 같다.

자랑은 아니지만, 저 나이 때 강찬은 소주를 병으로 마셨고, 담배도 피웠었다.

"맛있다아!"

아무렴 해수욕장에서 먹었던 회랑은 다르지 않을까?

그렇더라도 저렇게 기뻐해 주는 모습을 보니까 저절로 미소가 나왔다.

"천천히 많이 먹어."

"응! 너도 얼른 먹어."

서빙하는 직원과 지배인이 궁금한 눈치를 꾹꾹 눌러 담는 것이 확실하게 보였다.

⚜   ⚜   ⚜

"이걸 내가 다시 볼 수 있겠나?"

"녹화해 둔 거라 얼마든지 괜찮습니다. 저녁 드시고 보시면 어떻겠습니까? 그런데 왜 그렇게 땀을 흘리십니까?"

강철규는 곽에 담긴 휴지를 2장 꺼내서 이마를 닦았다.

"강찬이란 저 친구, 출신 부대가 어디지?"

"그건 저도 모릅니다."

강철규가 고개를 돌려 김태진을 빤히 보았다.

"선배님께 거짓말을 해서 뭐하겠습니까? 저 친구의 출신, 교육 과정, 그 외에 세세한 점은 저도 굳이 알려고 들지 않습니다. 두어 번 물어봤지만, 대답을 듣지는 못했습니다. 그저 알고 있는 건 저런 실력이 있다는 것, 그리고 프랑스어를 현지인처럼 한다는 것 정도입니다."

진심인 것을 알았는지 강철규가 나직하게 한숨을 내쉬었다.

"선배님이 이렇게 관심을 보이실 줄은 몰랐습니다."

"이걸 봐."

강철규가 쥔 휴지가 축축하게 젖어 있었다.

"적으로 저런 친구를 만나면 어떨까 생각했더니 숨이 턱턱 막히는군. 지금껏 감각이 저렇게까지 살아 있는 인물을 만나 본 적이 없었어. 분하기도 해. 내가 저렇게 싸울 수 있었다면, 가슴에 태극기 달고 저렇게라도 싸워 보고 이 꼴이 되었다면 억울하지 않았겠다는 생각도 들었고."

김태진은 입술에 힘을 준 채로 고개만 끄덕였다.

"저 친구가 함께 간다면 나는 갈 일이 없겠어."

"며칠 뒤에 아프리카로 움직일 겁니다."

"흠, 말이 안 돼. 고등학생이라고? 저건 적어도 실전에서 10년 이상 지휘관으로 움직여야 가능한 작전 능력인데? 8살, 9살부터 총을 들고 전장을 뛰어다니지도 않았을 텐데? 기가 막히는군!"

"전 실장님과 최 장군, 김형정, 그리고 저도 처음엔 선배님과 비슷한 느낌이었는데 지금은 그저 우리가 모르는 능력이 있거니 하고 받아들이고 있습니다."

"백병전 보았지?"

"그거야 저도 몇 번이나 되풀이해서 보았습니다."

강철규가 피식 웃으며 김태진을 보았다.

"프랑스 외인부대 특수팀에서 사용하는 근접 격투술이다. 저 어린 친구가 어떻게 그걸 저렇게까지 몸에 익히고 있는 거지?"

"저희 직원 다섯을 위탁 교육한 적이 있어서 직접 봤는데, 저 역시 어떻게 익힌 건지는 알아내지 못했습니다. 그 외에도 프랑스 외인부대 특수팀이 아예 지휘관으로 인정하고 있었습니다. 국가정보원은 프랑스에서 비밀리에 양성하던 요원이 아닌가 막연하게 짐작만 하고 있었습니다."

"하하, 기가 막히는군."

"강찬을 처음 알게 된 분들은 대개 그런 반응을 보였습니다."

강철규가 고개를 내저은 뒤에 TV를 날카롭게 보았다.

왼편에 석강호, 오른쪽에 곽철호를 대동한 채 활주로를 걷는 장면이 정지 화면으로 잡혀 있었다.

⚜　　⚜　　⚜

주변이 어두워졌다.

여유 있게 식사를 마친 강찬은 김미영과 함께 로비 라운지로 움직였다.

테이블마다 기름불을 켜 놓았고, 한쪽에서 멋진 드레스를 입은 여자가 피아노를 연주하고 있었다.

"어서 오십시오."

지배인이 안쪽 창가의 자리로 두 사람을 안내해 준 다음,

메뉴판을 놓아주었다.

앞쪽 정원을 수놓은 전등, 그 너머로 도시의 불빛이 화려하게 펼쳐져 있었다.

"뭐 마실 거야?"

"난 커피나 한잔할게. 넌?"

"음, 그럼 나도 커피."

"잠 안 오면 어떡하려고?"

"그럼 코코아 마실까?"

"그래."

강찬이 고개를 돌리자 지배인이 빠르게 다가와서 주문을 받았다.

"미영아."

"응?"

어쩜 저렇게 환하게 웃는 얼굴을 만들 수 있는 거지?

그냥 말을 삼키고 싶었지만, 강찬은 하고 싶은 말을 꺼내기로 했다.

"하고 싶은 말이 있는데……."

그때 마침 차가 와서 잠시 말이 끊겼다. 분위기를 눈치챈 지배인이 빠르게 잔을 놓아주고 사라졌다.

"나 사실은 국가 기관에서 일하기로 했어."

"응."

알고 있었구나.

김미영의 눈을 보자 확신처럼 든 생각이었다.

"알고 있었니?"

"아빠가 그러셨어. 네가 국가를 위해 일하고 있는 거니까 절대로 방해하지 말라고. 기다리는 게 싫으면 널 좋아해서도 안 된다고 하셔서 알았다고 말씀도 드렸어."

강찬은 그만 맥이 빠져서 웃고 말았다.

이건 도대체가……?

"또 무슨 말을 들었는데?"

원래는 속을 터놓을 생각이었는데 이제는 김미영이 어디까지 알고 있는 건지가 궁금해졌다.

"유라시아 철도 한국 총책임자가 너라고 하시던데?"

이거야말로 고개가 쑥 빠져나갈 답이었다.

분명 그런 말이 있기는 했지만, 김미영에게서 다시 들을 줄은 짐작조차 못했다.

"그걸 아버님이 말씀하신 거라고?"

"응!"

"어디서 들으셨대?"

김미영이 살며시 강찬의 눈치를 살폈다.

"정말 궁금해서 물어보는 거야. 아직 결정 나지 않은 일이라 쉽게 알기 어려운 거라서."

"유라시아 철도 한국 담당 부서가 만들어진 건 알지?"

"아니."

이번엔 김미영이 놀란 눈으로 강찬을 보았다. 설마 하는 눈치였다가 곧바로 '정말?' 하는 눈빛으로 바뀌었다.

"정말 몰랐어. 나는 말만 들었지 그런 부서가 실제로 만들어진 줄은 몰랐거든."

"작년 10월쯤 되었을 거야. 아빠가 거기 법률 담당으로 옮기셨대."

"아버님이?"

"응!"

염병!

이 양반이 도대체 어디까지 아는 거야?

갑자기 머릿속이 온통 뒤엉키는 기분이었다.

그냥 여자 친구의 아버지가 판사인 것도 부담스러울 판에 아예 유라시아 철도의 법률 담당 간부라면?

염병할, 잠자리는 관두고 키스도 다 했다는 생각이 불쑥 들었다.

하여간, 빌어먹을 놈의 유라시아 철도가 인생을 배배 꼬고 꼬아서 양쪽 끝을 꽉 묶어 버렸다.

"그래서 그동안 전화 제대로 못해도 다 이해한 거야?"

"나보다 아빠가 더 신경 쓰셔. 우리 집은 나라에서 받은 돈으로 살아왔기 때문에 절대로 나라에 해가 되는 일을 하면 안 되는 거라고 얼마나 뭐라고 하셨는데! 특히 엄마한테는 함부로 네 애기 입에 담지 말라고 무척 엄하게 말씀하셨어. 그래서 우리 엄마는 요즘 친구분들하고 전화도 마음 놓고 못해."

졌다! 이건 완벽하게 진 거다.

갑자기 오늘 김미영에게 무슨 말을 하려고 했는지조차 까맣게 잊어버렸다.

아니, 그렇다고 쳐도 어떻게 이런 걸 고스란히 다 얘기할 수가 있는 거지?

어쩌면 김관식이 그건 당부하지 않았는지 모른다.

"그래서 난 너 얼마든지 기다리겠다고 대답했어. 또 그럴 거고."

우등생이다.

김미영은 정답을 외웠고, 그걸 지켜 내려는 열망이 가득한 눈을 하고 있었다.

오늘은 여기까지다.

이런 상태에서 더 깊은 이야기를 하는 것도 무리인 거다.

강찬은 잠시 다른 이야기를 했고, 함께 호텔 앞쪽 정원을 걷기 위해 밖으로 나섰다.

"나 내일부터 몽골 가."

"응. 오래 걸려?"

"글쎄, 그렇게 오래 걸리지는 않을 거야."

김미영이 울음 같기도 하고, 투정 같기도 한 소리를 내면서 강찬의 손을 잡았다.

정답을 알고는 있지만 기다리는 게 쉽지는 않은 얼굴이었다.

"미안해. 가능하면 빨리 올게."

"졸업하면 우리 여행은 가는 거지?"

"너는 정말 나 선택한 거 후회 안 할 자신 있어?"

"응!"

갑자기 이야기가 훌쩍 튀어 버렸다.

강찬은 김미영의 눈을 똑바로 보았다.

"너, 나랑 여행 가자는 말의 의미가 뭔지 알아?"

김미영이 고개를 끄덕였다.

부끄러워하는 것이 분명한데 시선도 피하지 않는다.

"나중에 후회되면 어떡할 건데?"

"우리 헤어지면?"

"그래, 그렇게 되면?"

"그럼 후회해야 돼?"

얘가 좀 모자랐었나? 아니면 원래 이랬는데 그동안 자주 못 봐서 잊고 있었던 건가?

"내가 옳다고 생각하는 정답을 선택했으면 후회는 안 해. 혹시 그게 틀렸다면 왜 틀렸는지 알아서 다음번에 그런 답을 안 고르면 되지. 만약 나랑 여행 다녀와서 내가 싫어지면 그렇다고 말해 주면 돼. 그럼 내가 뭘 잘못했는지 생각해 볼게. 대신 여행 갔던 걸 후회하지는 않을 거야."

그리고… • 199

이것도… 졌다.

뭐라고 대꾸할 말이 없을 정도로 김미영은 완벽한 답을 갖추고 있었다.

김미영이 앞으로 다가와 강찬의 가슴을 안았다.

"기다릴게. 아빠가 하신 말씀도 맞다고 생각하거든. 대신 둘이 만드는 추억도 있었으면 좋겠어. TV에 나왔을 때 기억나? 그때부터 우리 학교 여자애들이 다 너 좋아해. 음, 다는 아닐지 몰라도 대강 그래. 그래서 가끔은 이렇게 밥만 먹는 거 말고, 너도 나 좋아한다고 말해 주고, 보고 싶었다고 해 주고, 그랬으면 좋겠어."

그리고 말을 마친 김미영이 고개를 들어서 강찬을 보았다.

피식. <u>호호호</u>.

"으이그!"

"<u>호호호</u>."

강찬은 김미영을 커다랗게 안았다.

"그동안 많이 보고 싶었어."

"나두! 나두!"

반짝이는 김미영의 눈이 참 아름다운데, 염병할! 최종일이 어딘가에서 보고 있을 거다.

⚜ ⚜ ⚜

아파트 앞에서 김미영과 헤어진 강찬은 집으로 들어가 강대경, 유혜숙과 함께 시간을 보냈다.

출국을 알고 있어서 마음이 편했고, 심지어 민간 항공기로 가기 때문에 출국 시간과 비행기 편명까지 나와서 한결 이야기가 편했다.

유혜숙이 마지막으로 태워다 주면 어떻겠냐는 뜻을 비쳤지만, 유비캅의 직원들까지 모두 함께 움직인다는 말에 마음을 접었다.

"아침은 평소처럼 먹으면 되겠지?"

"예. 집에서 10시에 나가면 되니까 두 분이 먼저 출근하시면 돼요."

"아니야. 아빠는 먼저 나가시고, 엄마는 점심 먹고 가기로 했어. 우리 아들 가는 거 보고 출근해도 돼."

며칠 일찍 들어와 함께 시간을 보낸 덕분에 유혜숙은 전에 비해 훨씬 덜 서운해하는 얼굴이었다.

⚜ ⚜ ⚜

새벽에 일어난 강찬은 멋지게 달리고 기본 운동을 한 다음, 아침을 먹었다.

기분은 나쁘지 않았는데 며칠 전부터 가슴 한쪽에 답답했던 느낌은 여전해서 오히려 강대경과 유혜숙에게 무슨 일이 있는 건 아닌가 염려될 정도였다.

강대경이 먼저 출근했고, 강찬은 간단하게 가방을 챙겼다.

민간 항공기로 울란바토르까지 가고, 그곳에서 다시 헬기로 이동한다고 들었다.

두툼한 내복과 속옷, 그리고 방한화 한 켤레 정도를 챙겼다. 이것도 원래는 김태진이 전부 챙기기로 했는데 유혜숙이 워낙 염려해서 그대로 받아 넣었다.

시간이 되어서 강찬은 가방을 들고 현관으로 나섰다.

"다녀오겠습니다."

"아들!"

그렇게 자주 들락거리는 아들을 내보내면서 유혜숙은 결국 눈시울을 붉혔다.

"왜요? 금방 와요, 어머니."

"몸조심해서 다녀와, 아들. 사랑해."

"저두요."

엄마의 품은 질리지 않는다.

강찬은 인사를 마치고 엘리베이터를 타고 아파트 입구로 나왔다.

최종일과 우희승, 이두범이 기다리고 있다가 공항으로 움직였다.

"저쪽은 출발했답니다. 전 실장님과 김 팀장님이 전화 부탁한다고 전해 달라셨습니다."

"그래."

트렁크에 가방을 싣고 바로 출발했다.

가는 길에 전대극과 통화했고, 다음으로 김형정, 마지막으로 석강호에게 전화를 걸었다.

"빨리 마무리 짓고 넘어오쇼."

"내 말이 그렇다. 오바하지 말고 대원들 잘 챙겨."

"걱정 마쇼."

전화를 끊었을 때는 공항 전용 도로를 달리고 있었다.

자동차는 직원 전용 주차장으로 들어섰다.

입구를 지키고 있던 직원이 차에 붙은 증명을 보더니 얼른 바리케이드를 열어 주었다.

괜찮다고 했으나 세 사람은 청사 안으로 들어와 항공사 라운지 앞까지 따라왔다.

"이 안으로 들어가시면 됩니다."

"아프리카에서 보자."

"조심해서 다녀오십시오."

세 사람과 악수를 나눈 강찬은 기다리던 공항 요원을 따라 항공사 라운지로 들어갔다.

"이쪽입니다."

복도를 따라 걷다가 왼편에 커다란 아치로 막아 놓은 로비가 나왔다. 늦그렇게 놓인 의자에 앉아 있던 사람들이 일어서며 강찬을 맞았다.

유비캅 직원, 그 뒤로 오광택, 김태진, 그리고…….

염병할!

언젠가 호텔에서 샤흐란, 스미든과 마주쳤을 때도 이 정도로 기가 막히지는 않았다.

그냥 옛날 모습으로 나타난 것도 아니다.

이런 개… 같은 인간이 혈색까지 좋아진 상판대기로 서 있는 거다.

마누라가 벌어 온 돈으로 술 처먹고, 그 술을 핑계로 마누라와 자식을 개 패듯 두들기던 인간이 멀쩡한 얼굴로 몽골에 처가겠다고 서 있어?

인간이 가진 최소한의 도리만 아니라면 당장에라도 명치와 목에 주먹을 꽂고 싶은 것을 강찬은 이를 악물며 참아 냈다.

"강찬……?"

오광택조차 놀랄 정도로 강찬의 눈이 전에 없이 번들거렸다.

강철규가 날카롭게 강찬을 노려보았을 뿐, 김태진과 오광택을 비롯한 모든 이들이 당황한 얼굴이었다.

"준비는?"

"다 됐다."

강찬이 이를 깨문 채로 뱉어 낸 질문을 오광택이 당황한 상태에서 받았다.

"나를 아나?"

그때였다.

강철규가 고개를 살짝 기울인 채로 질문을 던졌다.

번득.

눈과 눈이 마주친 순간이었다.

삽시간에 살벌한 기운이 공항 라운지를 덮쳤다.

"내가 영감을 어떻게 알아?"

"그런데 왜 그런 눈으로 나를 보지?"

"영감! 왜 처음 보는 사람한테 시비를 걸어? 죽고 싶어?"

피식. 피식.

두 사람이 비슷한 표정으로 웃은 다음이었다.

"강찬!"

김태진이 보다 못해서 나섰는데, 두 사람 모두 시선을 피하지 않고 있었다.

"이분이 내가 말씀드렸던 그 선배님이시다. 강철규 선배가 예전에 그 유명한……."

"그만!"

강철규가 묵직하게 김태진의 말을 막아섰다.

비무장왕? 저 술주정뱅이가?

씨발! 그렇게 전설이 어쩌고 요란을 떨더니 결국 자기들끼리 만든 헛소리였던 거냐?

"자네가 여기 총책임자라고 들었다. 싫다면 난 여기서 빠지면 된다."

"영감 하나 빠지는 것까지 나더러 이래라저래라 하라는 거야?"

"강찬! 오늘 정말 왜 이래!"

"김태진, 난 여기서 빠지겠다. 그게 좋겠어."

강철규가 먼저 시선을 돌리고 옆에 있던 가방을 집어 드는 순간이었다.

"오늘 자네는 나도 이해가 안 돼. 이런 거라면 나도 빠지겠다. 내가 선택한 분을 못 믿겠다고 할 정도라면 나 역시 자네에게 도움이 안 될 거 같다."

김태진이 이를 깨물며 가방을 집었다.

염병할!

이렇게 만들고 싶은 건 아닌데, 여기서 한 걸음 양보해야 한다는 건 알겠는데……. 어떻게 저렇게 말짱한 얼굴로 서 있는 인간 앞에서 고개를 숙이고 함께 가자고 하겠나?

"알겠습니다. 오늘 출국은 취소하는 것으로 하지요."

완전히 이성이 날아간 상태, 솔직히 악만 남은 상태여서 강찬도 더는 보이는 것이 없었다. 그리고 이런 식으로 몽골에 갈 마음은 눈곱만큼도 없었다.

강찬은 곧바로 몸을 돌려 걸음을 옮겼다.

씨발! 씨발! 씨발!

아무리 속으로 욕을 외쳐도 화가 풀리지 않았다.

"야! 강찬!"

콱!

그때, 오광택이 강찬의 팔을 잡았다가 움찔했다.

홱 돌아서는 강찬의 오른손이 퍼뜩 움직이려다 멈춘 것을 보았기 때문이다.

강찬은 그만큼 독이 올라 있었고, 오광택은 그걸 보고 그만큼의 독기가 치솟아 오른 얼굴이었다.

"이 개새끼가! 빵에서 한 번 꺼내 줬다고 오광택이 꼬봉인 줄 아나? 이 씨발 놈이!"

"이거 안 놔?"

"놨다. 야, 이 씨발 놈아!"

"형님! 찬이 형님이 무슨 일이 있으시겠지요!"

"놔! 놔 봐, 이 개새끼들아!"

주철범과 몇 놈이 달려들어 매달리다시피 오광택을 싸안고 뒤로 물러났다.

"안 놔! 와악! 놔! 놓으라고! 이 씨발 새끼들아!"

"일단 밖으로 나가시죠."

요원인 듯한 직원 서너 명이 강찬의 앞을 막아섰다.

"놔 봐! 이 씨발 놈들아! 야! 강찬! 이 개새끼야! 어딜 가!"

안쪽에서 오광택이 악을 쓰는 소리가 계속 들렸다

공항 직원들이 달려왔는데 감히 안쪽으로 들어서지 못하

고 겁먹은 얼굴로 눈치만 살폈다.

"부원장님, 잠시 자리를 피하시는 게 좋겠습니다."

한마디로 완벽하게 개판인 상황이었다.

"후우!"

강찬은 고개를 젓고 밖으로 나왔다.

강찬과 요원 셋이 밖으로 나오자 입구에 서 있던 직원이 놀란 얼굴로 뒤로 물러났고, 소리에 힐끔거리던 승객들이 빠르게 시선을 피했다.

"쯧!"

기가 막히면 웃음이 나온다는 것은 아는데, 지금은 웃고 있는 건지 우는 건지도 모를 지경이었다.

이건 아니다.

이대로 몽골에 가는 것도 우습고, 이 꼴로 들어가서 화해를 하는 것은 더 우습게 느껴졌다.

"이쪽으로 오십시오."

요원 한 명이 중앙 로비를 가로질러 다른 쪽 복도를 향해 걸었다. 언젠가 들러 본 적이 있는 국가정보원 공항 분실이었다.

입구의 버튼을 누르자 확인도 없이 문이 열렸다.

"회의실 좀 사용한다."

달칵.

요원 한 명이 입구에서 가장 가까운 유리문을 강찬이 들어설 수 있도록 열고 기다렸다.

기다란 원형 탁자와 안쪽으로 보드가 서 있는 평범한 구조였는데 강찬은 일단 자리에 앉았다.

잠시 기다리자 요원 둘이 재떨이와 봉지 커피가 담긴 종이컵을 들고 들어왔다.

찰칵.

"후우!"

강찬은 아무 말 않고 요원이 건네주는 담배를 받았고 또 불을 붙였다.

"김태진 대표를 모시고 오겠습니다."

그 양반하고는 아무런 감정이 없는 거다.

강찬은 짧게 고개를 끄덕였다.

담배를 피우자 가슴이 좀 가라앉았고, 한숨이 절로 나왔다.

이걸 뭐라고 설명할 건가?

니미! 전생에 술주정하던 아버지가 있는데 저 양반이었다고 털어놓으라고?

살면서 가장 흥분한 순간이란 생각도 들었다.

정말이지 완벽하게 이성이 날아간 순간이기도 했다.

전쟁터에서, 작전에서 이렇게 흥분한 적은 있었다. 그렇지만 그건 누가 뭐래도 적이 확실해서 죽이면 끝나는 흥분이었는데 지금은 주먹 한 방을 날릴 수가 없다.

그래서 더 화가 났다.

어쩌면 저렇게 눈빛까지 살아나서 지랄을 떨어 댈 수 있냐는 거다.

나를 아느냐고?

염병! 나만큼 잘 아는 새끼 있으면 또 나와 보라고 그래라!

개 씨발!

아프리카에서 목에 총알이 박혀 죽을 때까지 아버지란 기억은 술 처먹고 몽롱한 눈깔로 마누라를 두들기다가 말리는 자식까지 두들긴 인간이란 기억밖에 없다.

저런 쓰레기가 뭐? 비무장왕?

그때는 어떤 새끼가 술을 더 많이 처먹고 더 많이 지랄하는 걸로 싸우던 시절이냐?

강찬은 곧바로 새 담배를 꺼내 불을 붙였다.

"후우!"

아직도 분이 가라앉지 않았을 때 김태진이 들어섰다. 화가 가득한 눈빛이었는데 그만큼 궁금한 눈빛이기도 했다.

답을 해야 했다.

솔직한 답. 그런데 정말 할 말이 없는 거다.

강찬은 우선 자리에서 일어서며 담배를 껐다.

"잠깐만 나가 있어 줄래?"

"알겠습니다."

요원들이 눈짓을 나누고는 유리문 밖으로 나갔다.

"앉으십시오."

"흐흠, 자네도 앉아."

김태진은 그래도 연륜이 있었다. 화를 누르고 이곳에 나타난 것만 봐도 그랬다.

"무슨 일이야? 자네가 갑자기 왜 이러는지를 알아야 맞혀 볼 거 아냐? 내가 아는 자네가 갑자기 이럴 이유가 없잖아?"

답답했던 속을 털어놓는 것처럼 김태진의 질문이 끝났을 때, 노크 소리가 들리고 요원 한 명이 커피가 담긴 종이컵을 놓아주고 나갔다.

"담배 피워. 화날 때는 그게 좋아. 나 때문이라고 참는 것도 지금은 별로 좋아 보이지 않아."

"괜찮습니다. 좀 전에 피웠습니다."

"그래, 그럼 도대체 왜 이런 건지나 한번 말해 봐."

피식 웃음이 나왔다.

이걸 어떻게 설명해야 하는 건가?

"강 선배를 알고 있었어?"

김태진은 그사이 화가 조금은 누그러진 음성이었다. 이런 양반을 실망시키는 것도 우습다.

"지금부터 제가 드리는 말씀, 비밀 지켜 주시겠습니까?"

"그러지."

강찬은 숨을 들이켠 다음 나직하게 입을 열었다.

"저 양반에게 저랑 같은 이름의 아들이 있었습니다."

"그걸 자네가 어떻게 알아?"

강찬의 시선 앞에서 김태진은 믿기지 않는다는 얼굴이었다.

"그래서? 그래서 다음 말이 뭐야?"

"그 아들이 저 양반 술주정을 못 이겨서 아프리카에 가서 죽었다는 건 아십니까?"

잠시 굳은 것처럼 멍하던 김태진이 넋이 나간 표정으로 고개를 끄덕였다.

"제가 개인적으로 죽은 아들을 압니다. 그래서 그런지 갑자기 감정이 심하게 일어났습니다. 아들을 그따위로 죽게 한 사람이 멀쩡한 얼굴로 몽골에 가겠다고 서 있는 걸 보려니까 속이 뒤틀려서 그랬습니다."

"세상에……."

잠시 침묵이 흐른 다음이었다.

"그런데 자네가 그 친구를 알 수가 있나?"

"그냥 충분히 알 정도 됩니다."

김태진이 종이컵을 들어 담긴 커피의 절반쯤을 마셨다.

"비행기 시간이 얼마 안 남았다. 가는 길에 내가 설명하는 걸로 하고 우선 출발하자. 국가에 커다란 도움이 되는 일이라면 이번만큼은 내 말을 들어라. 그래 주겠나?"

김태진의 굳은 입술을 보자 다른 말을 하기 어려웠다.

"내가 가서 선배와 오광택을 먼저 태울 테니까 그렇게 알아. 그리고 자네와 나는 일단 일등석으로 옮기자. 비행시간이 길지 않으니까 그리 미안해하지 않아도 돼. 일단 도착할 때까지 안 부딪치는 게 더 좋을 것 같으니까 이번은 내 말대로 해."

"알겠습니다."

"요원 한 명 데리고 갔다가 그 친구 통해서 연락할 테니까 바로 탑승하고."

"예."

김태진이 '휴우!' 하면서 자리에서 일어섰다. 그러고는 강찬을 보며 고개를 젓고는 유리문을 나섰다.

며칠 전부터 기분이 더럽더라니!

강찬이 탁자를 노려보며 담배를 하나 입에 물었을 때였다.

웅웅웅. 웅웅웅. 웅웅웅.

전대극의 번호가 떠 있었다.

정말이지 한숨과 웃음이 동시에 나왔다.

"여보세요?"

[괜찮냐?]

노인네가 의뭉스러운 구석이 있었다.

"지금 비행기 타러 가기로 했어요."

[젊은 혈기도 좋다만 적당히 해라. 국가정보원 부원장이 공항에서 깡패랑 싸워서 되겠냐?]

이게 욕을 하는 것보다 더 아프게 들려서 강찬은 픽 하고 웃었다.

"다녀올게요."

[그래. 고생하자.]

궁금할 거다. 이 양반 성격에 당장 내용을 묻고 싶어 온몸이 비틀릴 건데 비행기 시간을 계산해서 끊는 걸 거다. 아니면 나중에 김태진이 전화기 붙들고 꼬치꼬치 묻는 말에 답을 하던가.

전화를 끊자마자 이번에는 김형정의 번호가 뜨며 전화기가 울렸다.

"지금 비행기 타기로 했어요."

[괜찮으신 겁니까?]

"예. 여러 가지로 죄송합니다."

[아닙니다. 그럼 그렇게 알겠습니다. 다른 도움 필요하신 건 없나요?]

"예. 다녀와서 연락드릴게요."

[고생하십시오.]

전화를 끊자 요원 한 명이 들어와서 탑승 시간이라고 알려 주었다.

염병! 조금 참을걸.

다시 라운지를 향해 걷는데 부끄러워서 얼굴이 화끈거릴 지경이었다.

그 빌어먹을 인간만 아니었어도 지금쯤 오광택과 킬킬거리면서 비행기 타고 있었을 텐데.

공항의 라운지를 지날 때는 괜히 이에 힘이 잔뜩 들어갔다.

이게 모두 그 인간이 느닷없이 나타났기 때문인 거다.

개 같은 인간!

자식이 죽었다는데 유품도 수령하지 않아서 제라르가 들고 다니게 했으면서 저런 얼굴로 돌아다녀?

할 수만 있다면 비행기에서 걷어차 떨어트리고 싶었다.

복도를 따라 안으로 돌자 간이 CIQ 심사대가 있었고, 그곳을 통과하자 곧바로 탑승 게이트 앞으로 나갈 수 있었다.

"어서 와."

이륙 시간이 코앞이다. 탑승 게이트 앞에 서너 명의 승객이 바삐 움직이고, 그 앞에 김태진이 기다리고 있었다.

강찬은 일단 김태진과 함께 비행기로 올랐다.

일등석은 입구에서 왼편으로 돌아서 있었다.

늘 시커먼 사내놈들끼리만 타던 비행기를 세련된 승무원들이 안내해 주는 것이 좋기는 한데 앉아라, 벨트 매라, 안전 교육 시청하라는 것은 좀 불편했다.

아무튼, 부드럽게 비행기가 출발했다.

슬리퍼, 블랭킷, 안대가 준비되었고, 간단하게 와인과 땅콩도 받았다.

"우선 내가 아는 대로 설명을 할 테니 들어봐."

김태진은 와인으로 입을 축여 가며 대략 30분에 걸쳐 강철규를 찾게 된 배경부터 오늘 오전까지 있었던 일들에 대해 전부 설명했다.

"그래서 자네에게 말하지 않았지만, 그 돈도 어머님이 운영하시는 강유재단에 전부 기부했다. 이 정도면 저 선배의 진심을 믿어 줄 만하잖아?"

강찬은 묵묵하게 듣고만 있었다.

믿음?

솔직하게 김태진의 말 한마디에는 전대극, 김형정의 신뢰가 없어진다.

하지만 강철규는 아닌 거다.

막말로 그래! 고통을 이기려고 그랬다고 치자!

그런다고 마누라와 자식을 두들긴 것이 없어지고, 목이 뚫려 죽은 자식과 목을 매단 마누라가 살아 돌아오는 것은 아닌 거다.

"이번 일에 나선 것도 아프리카에서 죽은 아들의 유골이나 유품을 찾는 데 도움을 주는 조건으로 나선 거였다. 그러니 자네가 좀 이해해 다오."

이럴 때 보면 전대극과 김태진, 김형정은 마치 자신을 설

득하기 위해 태어난 사람들 같았다.

"강찬!"

김태진이 나직하게 불렀는데 강찬은 쉽게 대답하지 못했다.

아무리 이를 악물어도 가슴이 용납하지 못하는 거다.

싫은 거다.

그냥 뱀을 옆구리에 끼고 살라면 살았지, 저 빌어먹을 상판을 보고는, 아니 생각하는 것만으로 울화가 치밀어 오르는 것을 어떻게 견디겠나?

"후우."

빌어먹을 수송기가 적성에 맞다.

봉지 커피와 담배라도 마음 놓고 할 수 있다면 훨씬 견디기 쉬울 거다.

"대표님."

"그래."

"일단 전 모른 척하겠습니다. 가능하면 마주치지 않게 해 주세요. 저도 굳이 나서서 건드리진 않을게요. 지금은 이게 최선입니다."

김태진의 서운한 얼굴을 보자 문득 미안해지긴 했는데 이건 어쩔 수 있는 게 아니었다.

"제게도 시간이 필요합니다. 말씀하신 것을 받아들일 시간이요."

"휴우, 알았다."

김태진이 고개를 끄덕일 때 승무원이 다가왔다.

점심 메뉴가 건너왔는데 강찬은 라면을 부탁했다.

⚜ ⚜ ⚜

오광택과 강철규는 소고기 메뉴를 선택했고, 나란히 앉아 식사를 마쳤다.

"형님, 맥주……? 아! 술을 못하시지. 그럼 나 혼자 한잔 마실랍니다."

오광택은 승무원에게 맥주 한 캔을 부탁해서 받았.

치이익!

그러고는 곧바로 서너 모금을 벌컥거리며 마셨다.

"너무 언짢게 생각하지 마십쇼. 저 새끼가 저런 놈이 절대 아니거든요. 아마 좋아하는 여자한테 덤벼들었다가 싸다기를 맞고 왔거나, 아님 오늘 생리라서 그냥 돌아왔거나 둘 중 하날 거요. 봐서 또 지랄하면 그땐 나도 다 때려치우고 돌아설라니까 그때 가서 나하고 업장이나 관리하며 삽시다."

"날 언제 봤다고?"

"허어! 거, 눈빛 보면 다 아는 거요. 그냥 외롭게 사는 사람들끼리 그렇게 삽시다. 그런데 말이요. 강찬이 저 새끼,

진짜로 저런 놈이 아니라니까요. 그건 제가 보장합니다. 아까 김태진 대표가 난처해하는 것 보셨잖소?"

"두고 보면 알겠지."

"아이, 형님, 거 속 좁게 뭘 두고 봐요? 하여간 내리면 사과할 거 같으니까 모른 척 받아 두세요."

강철규가 피식 웃으면서 창밖으로 시선을 돌렸다.

비행기를 타서 그런지 머릿속이 깨져 나가는 것처럼 아팠다. 그리고 가슴속이 뻑뻑할 정도로 메여 왔다.

비무장지대에서 왕으로 살았다.

국가를 위해 언제고 죽을 수 있다는 일념으로 살았고, 그 흔한 건빵 한 개 함부로 집으로 가져가 본 적 없이 살았다.

뭘 잘못해서 이런 모습이어야 하는 거지?

차라리 죽은 자식이 저렇게 멸시한 거라면 가슴이 아프지는 않았을 거다.

늙어 버린 자신을 선배라고 깍듯이 챙겨 주는 김태진 앞에서, 강남의 유명한 깡패라는 놈 앞에서, 이제 스물도 안 된 어린아이에게 멸시를 받을 줄은 몰랐다.

새삼 현재의 모습이 어떤지를 깨달았고, 숨을 쉴 때마다 울컥울컥 서러움이 밀려왔다.

늙었다. 늙은 거다.

젊었을 때라면, 비무장왕으로 설치고 다녔을 때라면 벌써 누가 죽어도 죽었을 거고, 확실히 쓰러진 놈은 저 애송

그리고… • 219

이였을 게 분명했다.

'어떤 수모를 받더라도 아들놈 유골과 유품은 찾는다.'

강철규는 창밖을 보며 다짐하고 또 다짐했다.

제7장

누구 마음대로?

울란바토르 도착까지 4시간이 채 걸리지 않았는데, 강찬과 김태진은 일등석 승객이어서 가장 먼저 내렸다.

"여기서 잠시만 기다려 주겠나?"

"그러죠."

화도 어느 정도 가라앉았고, 오광택은 물론이고 요원들에게까지 미안하던 참이다. 강찬은 순순히 입국장의 라운지에 앉았다.

잠시 후에 나타난 것은 오광택과 주철범이었다.

"야!"

오광택이 투덜거리면서 강찬의 옆에 앉았다.

"너답지 않게 왜 그랬어?"

"아까는 미안했다."

"됐어. 나도 잘한 건 없는데, 뭘. 그리고 사내새끼가 빈정상할 때는 욱하기도 하는 거지. 그런데 갑자기 왜 그런 거냐?"

"이번은 그냥 넘어가자."

"알았다."

강찬의 등을 툭 하고 친 오광택이 들고 있던 물병을 들어 물을 마셨다.

공항인데도 입국장은 몹시 추웠다.

잠시 후다.

요원 한 명이 다가와 바로 헬기를 타러 간다고 알려 주었다.

"이쪽으로 오시면 됩니다."

강찬은 오광택, 주철범과 함께 잠자코 요원이 이끄는 대로 움직였다. 활주로로 나서기 전 작은 통로에서 입국 스탬프를 받았고, 곧바로 밖으로 나갔다.

"염병! 코 떨어지겠네!"

오광택이 거칠게 말을 뱉을 정도로 한낮의 몽골 날씨는 매서웠다.

서둘러 움직여 민간 수송용 헬기에 올라탔는데 김태진과 강철규는 다른 헬기를 이용하는지, 이쪽은 요원 둘과 오광택의 동생 두 놈이 타고 있었다.

얼핏 봐서 함께 움직이는 헬기는 모두 6대였고, 그중 2대는 커다란 망에 짐을 달고 있었다.

두두두두두두.

헬기는 곧바로 공항을 떠났다.

여기서 목적지인 출론크로루트까지는 다시 헬기로 3시간을 날아가는 거리다.

누구랄 것 없이 가방에 있는 두툼한 옷과 방한화로 갈아입느라 잠시 시간을 보냈다.

옷을 갈아입자 조금은 살 것 같았다.

[강찬.]

오광택이 헤드셋에 달린 마이크를 통해 강찬을 불렀다.

[뭔지는 모르겠다만, 거 영감 좀 봐줘라.]

언짢은 말이다. 하지만 오광택에게 실수한 것이 있어서 강찬은 인상만 찌푸리고 말았다.

[너 같은 놈이 그럴 정도면 내가 모르는 뭐가 있어도 있는 거겠지.]

"오광택."

[왜?]

강찬이 입을 연 것이 오광택은 반가운 모양이었다.

"난 여기 며칠 있다가 아프리카로 움직여야 돼. 그리고 원래 이곳의 총책임자는 너다. 이곳에서 사람을 쓰고 안 쓰고는 네 소관이지 내가 결정할 일이 아냐. 그러니 마음 편하게 생각해라. 오늘 일은 어쨌든 미안하다."

[흥! 개새끼! 이러니까 이제 강찬 같네.]

강찬이 피식 웃자 오광택이 다시 한 번 등을 두드려 주었다.

그래, 길어야 일주일 안팎일 거다.

그때까지만 없는 사람 취급하다가 아프리카로 날아가면 어지간해서 다시 볼 일도 없다.

볼에 살이 통통하게 찌든, 낯짝에 번지르르하게 기름이 끼든, 몽골 여자와 재혼을 하든, 다시는 볼 일이 없는 거다.

강찬은 나직하게 숨을 내쉬며 마음을 굳혔다.

유치하게 굴지 말자.

친아들이 곁에 있는 것도 모르는 인간이다.

더럽게 불쌍한 어머니는 이미 비참한 삶을 마감한 거고, 이 인간은 이곳에서 새 삶을 찾는다.

'여기까지!'

아버지란 사람도 이미 죽었다고 생각하면 되는 거다.

자신의 전 아버지는 죽었다!

그러니 이제 와 무슨 미련이 남았다고 화내고 못마땅하게 생각하겠나.

강찬은 도착과 동시에 바실리에게 전화를 할 생각이었다. 어지간하면 좋게좋게 이쪽 일을 마무리하고 하루빨리 아프리카로 날아가려면 바실리와 해결하는 게 가장 빠르다.

결심이 서자 마음이 한결 편안해졌다.

그나저나 민간 항공기나 헬기는 커피와 담배를 못하는 게 정말 지랄이다.

강찬은 가방에서 두툼한 옷을 하나 더 꺼내 적당하게 바닥에 깔고 바로 가방에 기댔다.

오광택과 주철범이 존경한다는 표정을 지었지만, 그거야 뭐?

강찬은 그렇게 잠이 들었다.

두두두두두두.

누군가 건드리는 느낌에 눈을 떴을 때 헬기는 아래로 내려가고 있었다.

[착륙합니다.]

요원 한 명이 헤드셋을 통해 상황을 알려 주었다.

한숨 자고 나자 기분이 좀 더 좋았다.

아래쪽으로 보온재를 잔뜩 뒤집어쓴 컨테이너 막사, 그리고 태양열 집열판이 가득 보였고, 거기에 중국군 복장을 한 군인들이 외곽 울타리 한쪽에 몰려 있었다.

"몽골 국경 수비대랍니다."

강찬은 고개를 끄덕여 주었다.

막사 주변으로 높고 낮은 구릉 외에 보이는 것은 없었다.

두두두두두두두.

헬기가 바닥에 내렸다.

사람들이 내리는 동안, 국경 수비대원들이 다가와 헬기에 매달린 짐을 수습했다.

요원이 먼저 국경 수비대로 가서 대화를 나누고 강찬에게 다가왔다. 몽골어 특기자였던 모양이다.

"국경 수비대장이 인사를 하고 싶답니다."

"그렇다면 나보다 김태진 대표와 여기 오광택 사장을 소개하는 게 좋아."

"알겠습니다."

강찬의 말에 따라서 김태진과 오광택, 그리고 주철범이 가서 국경 수비대장과 인사를 나눴다.

"무기는?"

강찬은 근처에 있던 다른 요원에게 무기에 대해 물었다.

"헬기에 실어 온 화물 중에 M16 소총과 실탄, 대검들을 챙겨 왔습니다."

강찬은 고개를 끄덕였다.

그나저나 적당히 하고 우선 몸을 녹일 필요가 있었다. 실제로 느껴지는 추위가 장난이 아니었다.

인사는 빠르게 끝났고, 국경 수비대가 짐을 움직여 주었는데 그동안 김태진이 강찬에게 다가왔다.

휘이이잉!

거센 바람이 강찬과 김태진의 얼굴을 때리고 지나갔다. 정말 코와 주둥이가 잘려 나가는 줄 알았다.

"내일까지는 국경 수비대가 함께 지내기로 했다. 막사 배정은 어떻게 할까?"

"원래 대표님이 이쪽은 알아서 하기로 하셨잖아요. 편하게 하세요."

우우웅! 우우우웅!

이곳은 미친년 바람이 분다. 소리도 그렇고, 방향도 그렇고 도통 종잡기가 어렵다.

"그래! 그럼 우선 헬기에 탔던 인원대로 나누자. 저쪽에 보이는 A동 건물을 자네와 오 사장이 써. 나머지는 내가 알아서 배정할 테니까."

"알겠습니다."

휘이이이잉! 우우우웅! 우우웅!

"기온이 영하 30도라더니! 우선 한 시간쯤 휴식을 취하고 있어! 내가 넘어갈게."

"그러시죠."

막사는 얼추 10개가 넘었다.

강찬은 김태진의 말에 따라 A동의 막사로 움직였다.

달칵!

"아후! 살 것 같다."

막사에 들어선 오광택이 소파에 몸을 던졌다.

밖에서 본 것과 달리 막사는 20피트 컨테이너 6개를 붙여서 만든 크기라 내부가 제법 넓었다.

거실과 붙은 주방, 그리고 화장실, 방, 방, 방의 구조였고, 방마다 2개의 침대가 있었다.

바람이 컨테이너를 때리는 소리가 멀리서 들리는 것처럼 들렸다.

"야! 커피 좀 타 봐라."

"예, 형님."

오광택의 동생 놈 하나가 얼른 가방을 뒤져서 생수를 들고 주방으로 움직였다.

그사이 요원 한 명이 강찬의 짐을 안쪽 방으로 옮겼고, 주철범은 오광택의 짐을 다른 방으로 옮겼다.

대강 사용할 방까지 정해진 꼴이다.

강찬이 소파에 앉자 오광택이 담배를 건네주었다.

"침대가 부족하지 않을까?"

"막사가 10개쯤 되더라. 이따가 봐서 남은 인원은 다른 막사로 보내면 될 것 같은데? 정 모자라면 여기 소파에서 자도 되고. 좀 지내다 보면 방법이 생길 거다."

찰칵.

"후우, 그렇긴 하겠다."

담배 물었고, 종이컵에 커피도 받았다.

"씨발! 오광택이 인생 2막이 존나리 추운 곳에서 시작되는구나!"

강찬이 픽 하고 웃자, 오광택이 씩 하고 따라 웃었다.

정리랄 것도 없어서 지금은 모두 종이컵에 커피를 받았고, 담배를 하나씩 물었다.

염병할!

창문을 꽁꽁 싸매 놓아서 문을 열어야 했다.

⚜   ⚜   ⚜

문재현은 황기현, 전대극, 그리고 김형정과 함께 비상 회의실에 있었다.

"국회에서 내일 파병 동의안을 처리할 예정입니다."

"그거야 알고 있던 일이 아닙니까?"

문재현은 황기현의 다음 말을 기다리는 얼굴이었다.

"야당에서 유라시아 철도 한국 책임자의 자리를 요구하고 있습니다."

문재현이 '후우!' 하고 커다랗게 숨을 내쉬었다.

"강찬 부원장에게 권력이 집중되는 것을 경계하는 세력이 모이고 있습니다. 솔직하게 말씀드려서 부담스러울 정도입니다."

"자! 여기서 말이 새 나가면 어쩔 수 없는 일입니다. 어느 정도나 부담스러운 건가요?"

황기현이 전대극과 김형정을 바라본 다음 결심한 것처럼 입을 열었다.

"군부의 움직임까지 포착되고 있습니다."

"야전군을 포함합니까?"

"우리 군은 주로 작전 장교 위주로 진급이 이루어졌습니다. 그들에게 증평의 특수팀이 부담스러운 모양입니다. 더구나 그 힘이……."

"강찬 부원장에게 쏠린다고 생각하겠군요."

"그렇습니다."

문재현이 나직하게 숨을 토해 냈다.

"군의 특수성을 인정하셔야 합니다. 각 공수부대에서 뛰어난 능력을 보인 대원들이 606, UDT, 35여단으로 배치되고, 다시 그들 중 가장 뛰어난 대원들이 증평으로 선발됩니다. 거기에 증평은 기본적으로 3공수를 끌어안고 있는 형태라 선후배로 연결되는 대한민국 특수팀의 정점에 있습니다. 그들이 대놓고 부원장을 따르고 싶어 하는 기류가 형성되는 것이 가장 큰 문제입니다."

"공수부대나 특수팀이 부원장에게 끌리는 게 군부에 위협이 됩니까?"

"작전 장교들은 늘 야전군을 경계합니다."

이번 질문에 대한 답은 전대극이 했는데, 곧바로 황기현이 말을 이었다.

"미국은 현재 대통령님의 방침과 강찬 부원장이 못마땅한 기색이어서 양쪽의 요구가 딱 맞아떨어집니다. 결정적으로 미국은 우리나라가 유라시아 철도에 연결되지 않기를 원하고 있습니다."

"원장, 만약 정권이 야당으로 넘어가면 유라시아 철도는 무사할까요?"

"절대로 불가능합니다."

회의실에 다시 한 번 나직한 한숨이 흘렀다.

잠시 침묵이 흐른 다음이다.

"이번 파병은 우리 말고도 4개국이 더 나갑니다. 그 부분에 관한 위험부담은 김형정 팀장이 직접 보고 드리는 것이 좋겠습니다."

문재현이 시선을 돌리자 김형정이 바로 입을 열었다.

"부원장의 말로는 한국팀이 가장 위험한 역할을 맡을 확률이 높다고 합니다. 소말리아 내전을 핑계로 움직이지만, 실제로 우리가 상대할 적은 SSIS라는 이슬람 무장 세력이 될 거라고 했습니다."

"그 말뜻이 뭔지 잘 모르겠는데 좀 더 쉽게 설명해 주겠습니까?"

"우리 특수팀을 소말리아에서 잃을 확률이 높다는 뜻입니다. 특히 미국과 영국이 힘을 합해 그런 상황을 연출하리라 예상하고 있었습니다."

문재현은 잠자코 김형정의 말을 기다렸다.

"조사해 본 결과, 부원장의 말대로 소말리아에서 SSIS가

활동하고 있었고, 우리 특수팀은 이번 같은 합동작전에 참여한 경험이 없어서 그 뒤는 짐작만 할 뿐입니다. 그 외에도 부원장의 말대로 미군은 주로 폭격 등의 지원 업무를 맡을 확률도 높았습니다."

"결국, 우리의 소중한 특수팀이 죽으러 가는 것과 같다는 뜻이군요."

"현재로는 그렇습니다."

문재현이 입술을 꾹 다물고 회의실 허공을 노려보았다.

"미국은 그렇다고 쳐도, 우리 군 수뇌부가 우리 군 최고의 특수팀이 부담스러워서 죽을 곳으로 보내려 하고 국회의원들이 거기에 동조를 하다니……."

문재현이 고개를 저었다.

"자! 문제는 알았습니다. 해결책은 있습니까? 아니, 대안이라도 있다면 들어 봅시다."

세 사람은 입을 열지 못하고 있었다.

"아까도 말했듯이 이곳에서 말이 나가면 방법이 없습니다. 뭡니까? 무슨 말이기에 그렇게 뜸을 들입니까?"

"대통령님."

"말씀하세요."

"남은 것은 전쟁밖에 없습니다."

문재현이 고개를 쑥 내밀었다가 기가 찬 듯이 웃었다.

"설마 북한을 선제공격하자는 건 아닐 거고?"

"친일파를 처벌해야 합니다."

이번에도 문재현은 비슷하게 웃었다.

"불가능한 걸 누구보다 잘 알고 있을 원장이……? 현재 국회의원의 반수 이상이 친일파의 후손이고, 주요 언론사의 반수가 그렇고, 재계가 또 그렇습니다. 내전을 일으키거나 암살을 하자는 것도 아닐 텐데 방법이 있습니까?"

문재현이 등받이에 등을 기대고 세 사람을 돌아보았다.

"이런 사실을 우리 국민이 모른다고 생각합니까? 대한민국 국민들은 바보가 아닙니다. 전 세계 어느 나라보다 교육열이 높고 실제로 학력도 높습니다. 그런데 왜 친일파와 그 후손들이 이렇게 살고 있는지, 여기 있는 세 분이 정말 몰라서 그런 말을 하는 건 아닐 텐데?"

문재현이 힐끔 황기현을 보고는 씁쓸하게 웃었다.

"유라시아 철도를 연결하려는 이유가 그겁니다. 경제가 단단해지고 친일파의 후손이 아니어도 국민들의 생활과 생계가 보장되어야 친일파를 처벌할 수 있는 겁니다. 지금 저들이 유라시아 철도를 악착같이 반대하는 이유, 서민들의 수입을 어떻게 해서든 줄여서 생계를 어렵게 만들려는 이유가 바로 그거라는 걸 알고 있잖습니까? 그런데 지금 친일파를 처벌하려고 하면 국민들이 당장 고통을 받아야 합니다. 그런 이유로 정권이 야당으로 넘어가면 그땐 유라시아 철도가 끝납니다."

"대통령님, 이대로라면 유라시아 철도의 담당자를 또 저들에게 넘겨줘야 합니다."

"그거야 내가 임명하는 겁니다. 국가정보원처럼 대통령 직속 기관으로 만들면 됩니다."

"만약 저들에게 담당자를 넘기지 않으면 제2의 IMF가 올 수 있습니다."

문재현이 고개를 갸웃한 직후였다.

"미국과 유대계의 외국인 투자사가 보유 중인 주식 전량을 매도하겠답니다. 한마디로 셀 코리아입니다. 기한은 2주를 받았습니다."

황기현이 결심한 듯 입을 열었다.

"외국계 회사는 파생 상품 증거금이 필요하지 않아서 실제 매도가 일어날 경우, 우리나라가 보유 중인 외환의 95퍼센트가 한순간에 사라집니다."

"야당에서 정말 그런 말을 했습니까?"

문재현의 질문에 황기현은 답을 하지 않았다.

"정말 대한민국의 제일 야당이 그런 뜻을 전했습니까?"

그래서 비슷한 질문만 두 번 회의실을 맴돌았다.

⚜　　⚜　　⚜

한 시간쯤 쉬고 난 뒤에 강당동에 모두 모여서 이곳 생활에서 주의할 점에 관해 들었다.

가장 첫 번째는 절대로 일몰 후에 울타리 바깥을 혼자 나가지 말라는 거였다. 멀리 떨어져 방향을 잃을 경우, 30분 이내에 무조건 얼어 죽고, 그렇지 않더라도 늑대의 습격을 받아서 죽는다는 위협이 있었다.

다음은 물이다.

화장실은 거품을 이용한 변기를 사용하고, 1인당 하루 1.5리터 물병 하나로 씻고 먹는 것을 모두 해결하라는 말이 있었다.

그 외에 총기의 사용과 국경 수비대의 식별 등에 관한 교육, 식사 시간, 식당을 비롯한 막사 배치도, 기상, 취침 시간 등에 대한 안내가 있었다.

"현재 시각 오후 4시 30분입니다. 5시 30분에 저녁을 먹을 예정이니, 개인별로 무기를 지급받기 바랍니다. 이상입니다."

설명을 마친 요원이 강찬과 김태진을 차례로 보았다.

첫날 이 정도면 됐다.

강찬은 충분히 만족했고, 김태진도 당장 다른 의견은 없어 보였다.

"오광택 사장님과 일심상사 직원분들은 잠시 남아서 무기 취급 요령에 대해 교육을 하겠습니다. 다른 분들은 각자 휴식을 취하시면 됩니다."

강찬은 고개를 끄덕인 후에 걸음을 옮겨서 무기를 지급 받았다.

철컥! 철커덕!

노리쇠를 당겨 안쪽을 살폈고, 곧바로 지급받은 탄창을 끼웠다.

틀림없이 몽골에서 지원받은 무기이겠는데 러시아 마피아가 러시아군에서 조달받는 무기에 비하면 반동, 소음, 그리고 장탄 수에서 아쉬운 감이 없잖아 있었다.

하기야 무기 좋다고 이기는 건 아니겠다만…….

이어서 대검을 받은 강찬은 인상을 찌푸렸다.

오늘 밤은 이 빌어먹을 대검 날을 세우다가 홀랑 밤을 새우게 생겼다.

아무튼, 강찬은 서둘러서 회의동을 빠져나왔다.

휘이이이잉!

미친년 바람을 뚫고 걸음을 옮겨 A동에 들어오자 콧물이 쭉 흘러나왔다.

사람 더러워지는 거 한 방이다.

"커피 한잔하시겠습니까?"

"그럴까?"

한국과 시차도 한 시간밖에 나지 않는다.

강찬은 느긋하게 커피 한 잔 때려 준 후에 전화 통화를 하기로 했다.

부글부글.

뜨거운 김이 주전에서 올라왔다.

이제 종이컵에 봉지 커피를 넣을 테니까, 이 타이밍에 느긋하게 담배 하나 깨물어 주고…….

탁자에 놓인 담배를 집던 강찬이 눈만 들어 허공을 보았다.

두근두근. 두근두근.

심장이 갑자기 빠르게 뛰고 있었다.

철컥!

강찬은 M16을 들고 자리에서 일어섰다.

"무전기 있어?"

"있습니다."

주전자를 들었던 요원이 강찬의 표정을 보고는 빠르게 무전기와 소총을 들었다.

"무전으로 요원들 소집하고, 시간이 걸릴지 모르니까 마스크와 장갑 착용해."

"알겠습니다."

강찬의 능력을 잘 아는 요원이다.

명령과 동시에 날카로운 눈빛으로 마스크를 착용했고, 강찬도 오토바이를 탈 때나 씀 직한 마스크로 코와 입을 가렸다.

끼이익.

문을 열고 나섰을 때였다.

치이잇.

"요원들 무장하고 집합해라."

뒤따라 나서는 요원이 무전기에 대고 명령을 전달했다.

휘이이이잉!

바람이 거칠게 강찬을 쓸고 지났다.

두툼한 바지, 덩치를 반 이상 커 보이게 하는 커다란 방한 점퍼, 마스크에 군밤 장수처럼 보이는 방한화까지! 복장만 보면 괴뢰군이 따로 없다.

바람이 약이 오른 미친년처럼 사방으로 불어 닥쳤다.

'어디지?'

사방이 뻥 뚫린 평야인데 이리저리 놓인 막사가 바깥으로 향한 시야를 가린다. 바람을 막는 구조겠지만, 경계를 감안한다면 이걸 설치한 놈에게 욕을 바가지로 퍼붓고 남았다.

후다다닥! 철컥! 철컥! 철컥!

김태진과 요원들이 비슷한 복장으로 소총 소리를 내며 달려 나왔다.

"무슨 일이야?"

"적이 다가오는 것 같습니다. 바깥쪽을 볼 수 있는 망루가 있나요?"

강찬의 말에 요원이 몽골 수비대에게 빠르게 말을 건넸다.

"앞쪽 막사에 위로 올라가는 사다리가 설치되어 있답니다."

"가 보자!"

우르르!

강찬의 눈빛을 본 요원들이 서둘러 달렸다.

국경 수비대원의 말대로 가장 앞쪽에 있는 막사 뒤편으로 좁은 계단이 있었다.

염병할! 옷이 두꺼워서 동작이 마음대로 되지 않는다.

강찬은 최선을 다해 위로 올라갔다.

휘이잉! 후아아앙! 휘이이이이!

미친년이 양팔을 휘젓는 것처럼 바람이 달려들었다.

아직 해가 남은 시간이었다.

오른팔에 소총을 걸친 강찬이 사방을 둘러보는 동안, 김태진과 요원들, 그리고 몽골 국경 수비대 한 놈이 위로 올라왔다.

두근두근. 두근두근.

강찬은 천천히 주변을 둘러보았다.

1월이다.

해가 떨어지는 방향은 당연하게 서쪽에서 북쪽으로 12도 기울어진 방향일 테니까……. 이런 거? 특수팀에 가면 다 배운다. 이런 황량한 곳에서 물 구하는 법, 방향 가늠하는 법, 그리고 비드 파는 법까지.

강찬은 다시 한 번 날카롭게 주변을 둘러보았다.

가시거리가 상당해서 대략 2킬로미터 안쪽까지 충분히 살필 정도였다.

두근두근. 후욱후욱.

심장은 아직 급하게 뛰고 있었고, 호흡 소리도 분명하게 들렸다.

김태진이 궁금한 표정으로 강찬을 보았을 때였다.

멀리서 피어오른 흙먼지가 아스라이 보였다. 이 정도면 너끈히 5킬로미터 바깥이다.

"저것들을 아느냐고 물어봐!"

요원이 국경 수비대원에게 빠르게 질문을 던졌다.

"러시아 마피아랍니다. 차량 3대로 온답니다."

차량 숫자를 확인했다고?

이게 무슨 독수리 새끼도 아니고?

강찬이 돌아보았을 때 국경 수비대원은 막사를 내려가고 있었다.

흙먼지는 똑바로 막사를 향해 다가오고 있었다.

뭐지?

앞을 노려보던 강찬은 가슴이 철렁 내려앉았다.

"몽골 수비대에 저격용 총이 있나 물어봐. 사거리가 1킬로미터 넘는 놈! 서둘러!"

요원이 무전기를 받아서 빠르게 몽골말을 지껄였다.

"무슨 일이야?"

"미스트랄이나 이글라를 갈기면 지금은 막을 방법이 없습니다. 이 총으로 1킬로미터 바깥을 잡는 건 불가능하거든요!"

강찬의 대답이 끝나기 무섭게 '없답니다.' 하는 답이 있었다.

이거였구나!

강찬은 입구에 세워진 트럭과 지프를 보았다.

"저 차 키를 받아 와! 그리고 운전 한 명, 엄호할 인원 한 명이 필요해!"

"알겠습니다."

"앞쪽 막사에 있는 사람 있으면 전부 뒤쪽으로 대피하라고 하고, 대표님! 여기서 엄호해 주세요!"

"알았다."

철컥! 철컥!

막사 위의 요원들이 무릎을 꿇은 자세로 자세를 잡았다.

그사이 통역을 맡은 요원이 먼저 계단을 내려갔고, 강찬을 따르던 요원이 다른 요원 한 명과 함께 아래로 내려왔다.

"키는?"

"요금을 지불하고 있습니다."

이게 무슨 개떡 같은 소리야?

"미하로 켠 볼을 딜랍니다."

누구 마음대로? • 243

"이런, 이 씨······!"

지프 앞에 있던 강찬이 이를 악물었는데 방법은 없었다. 잠시 후, 통역하던 요원이 급하게 열쇠를 가지고 왔다.

부르르릉! 부릉! 부르릉!

운전석과 조수석에 요원 둘이 앉았고, 강찬은 뒤편에 서서 안전 바에 소총을 걸었다.

이 개새끼들은 지프에 M60 하나 없이 왔다.

"무전기 챙겼어?"

"여기 있습니다."

엄호를 맡기로 한 요원이 손에 무전기를 들어 보였다.

"출발해!"

부우우우웅!

지프가 빠르게 막사를 빠져나갔다.

씨발!

바람이 얼마나 차가운지 눈알이 얼어서 깨지는 것 같았다.

부우우웅! 휘이이잉! 휘이이잉!

"미사일 날릴지 모르니까 최대한 틀어서 움직여!"

지프의 거친 엔진 소리, 바람 소리, 그리고 마스크 때문에 악을 써도 제대로 뜻이 전달되지 않았다.

강찬은 요원을 향해서 왼손을 뱀처럼 꿈틀거리는 것처럼 움직였다.

이건 지정된 동작이 아니어서 상황을 보고 이해해야 했다.

"600에서 700미터까지 가까이 가야 돼!"

상체를 수그려서 악을 쓰자 운전석의 요원이 고개를 끄덕였다.

덜컹! 덜커덩! 휘이이이잉!

거리가 1킬로미터쯤 되었다.

철커덕!

강찬은 안전 바에 왼쪽 팔을 걸치고 소총을 들었다.

후욱후욱.

보인다.

미친년 바람이 파고들어서 눈물이 가득 고인 눈에 적의 움직임이 고스란히 들어왔다.

역시!

몽골 국경 수비대원의 말대로 지프 2대와 1톤 군용 트럭이었다.

염병할!

그런데 1톤 트럭의 뒤에 장착된 것은 확실히 미스트랄이었다.

아직 멀다.

다행이라면 미스트랄은 차를 세우고 목표를 설정하는 데 시간이 필요하다는 것 정도였다.

저게 막사 가운데 떨어지면?

타아아아앙! 타아아아앙!

그때였다.

요란한 총소리가 울렸다.

그리고!

가장 앞에서 달리던 지프가 방향을 잃고 커다랗게 틀어졌다.

어떤 새끼가?

지금은 뒤를 돌아볼 틈이 없었다.

타아앙! 타아아아앙! 타아앙! 타아아아앙!

이렇게 넓게 펼쳐진 땅에서는 총소리의 길이가 다르게 들린다.

강찬이 두 번 방아쇠를 당기는 순간에 앞에 들렸던 총소리가 또 두 번 섞였다.

남은 지프가 또다시 방향을 커다랗게 틀었고, 미스트랄을 실었던 트럭의 속도가 뚝 떨어졌다.

"가! 가! 똑바로 달려!"

이런 기회를 놓치면 바보다.

강찬은 앞으로 달리라고 악을 썼다.

거리는 어느새 500미터 안쪽이었다.

타아앙! 타아앙!

강찬이 연달아 방아쇠를 당겼고,

타아아아앙! 타아아아앙!

멀리서 또다시 두 번의 총소리가 울렸다.

도대체 어떤 인간이……?

M16으로 1킬로미터 거리의 적을 맞출 수 있는 거지?

부우우우우웅!

기회를 잡았다고 여긴 요원이 속도를 높였다.

타아앙! 타아앙!

강찬은 마지막으로 방아쇠를 당겨 미스트랄을 실은 트럭을 갈겼다.

퍼석! 퍼석!

조수석 유리가 깨지는 것과 타고 있던 적의 몸뚱이가 기울어지는 것이 확실히 보였다.

부우우우웅! 끼이이익!

와다닥!

셋이서 급하게 달려 나갔다.

강찬은 소총을 겨눈 채로 가장 앞에 있던 지프로 달렸다.

철컥! 획! 획!

두 놈 모두 목과 대가리가 피투성이가 된 채로 기울어져 있었다.

후욱후욱!

바로 옆의 지프를 확인한 요원이 소총을 겨눈 채로 고개를 끄덕였다.

강찬은 빠르게 마지막 남은 트럭으로 향했다.

털썩!

먼저 달려간 요원이 조수석 문을 열고 죽은 적을 당겨 내고 있었다. 이마가 터져서 대가리에서 하얀 김이 뿜어져 나왔다.

철컥! 철컥!

방심은 절대 금물이다.

셋이서 트럭의 뒤까지 완벽하게 확인하고 나자 긴장이 풀렸다.

"이걸 끌고 갈 요원 몇 명 더 오라고 해."

"알겠습니다."

강찬은 막사를 돌아다보았다.

도대체 누가 이 거리에서 모가지를 뚫은 거지? 하긴 독수리 새끼 같은 눈을 가진 놈들이니까?

강찬은 고개를 갸웃했다.

눈이 좋은 것과 총의 성능이 좋아지는 건 다른데?

김태진이?

강찬은 내심 고개를 저었다.

증평에서 실탄 훈련을 할 때 보았던 김태진의 모습으론 기대하기 어려운 실력이었다.

그사이 요원 2명은 적의 시체를 차에서 끌어내 바깥에 떨어트렸다.

죽은 적은 확실하게 확인하는 게 맞다.

또 사용료를 내야 해서인지 막사 쪽에서 차가 출발한 건 5분쯤 지나서였다.

휘이이이잉! 휘이잉!

적의 대가리에 묻은 피가 바싹 얼어서 햇빛을 반사하고 있었다. 이 정도면 놈들은 이미 동태처럼 딱딱해진 거다.

요원 넷과 국경 수비대원이 트럭으로 달려왔다.

적의 시체를 실으려던 순간이었다. 국경 수비대원이 막아서며 뭐라고 말을 지껄였다.

"이대로 두면 늑대들이 알아서 치운답니다. 시체를 가져가도 처리할 방법이 없으니까 그렇게 하잡니다."

어차피 이 새끼들에게 처리를 부탁할 참이었다.

강찬의 시선을 받은 국경 수비대원이 시커먼 얼굴로 씨익 웃었다.

"그럼 그렇게 해."

강찬은 말을 마치고 지프의 뒤에 올라탔다.

아직 요원들은 막사 위에 있었다.

부우우웅. 덜컹! 덜컹! 휘이이잉! 휘이잉!

강찬은 남겨진 시체들을 돌아보며 욕을 삼켰다.

러시아 놈들이다.

하지만 반대로 따지면 아군 중 누군가 죽어도 저렇게 시체를 늑대 밥으로 남길지 모르는 거다.

지긋지긋한 바람을 뚫고 막사로 돌아오자 김태진과 요원들이 몰려왔다.

"미스트랄은 분해해서 막사 위에 설치해."

"알겠습니다."

요원 셋이 바로 트럭 뒤로 움직였다.

"총은 누가 쐈습니까?"

"강 선배다."

그 늙은이가?

강찬은 놀란 얼굴을 보이기 싫어서 미스트랄을 향해 시선을 돌렸다.

염병할, 늙은이!

최소한 밥값은 하겠다.

"야! 여기 이거, 정말 살벌한 동네네!"

오광택이 투덜거리며 유리창이 깨진 차들을 살필 때였다.

"몽골 국경 수비대가 차량과 무기는 자기들이 가져가야 한다는데요?"

통역하는 요원이 강찬에게 다가와 난처한 기색으로 말을 건넸다.

"여기 최고 책임자가 어떤 새끼야?"

"바트라고, 국경 수비대장입니다."

"오라고 해."

"알겠습니다."

강찬의 말을 들은 요원이 사라졌다가 1분쯤 뒤에 중년 남자와 함께 돌아왔다. 키가 작았고, 두껍게 누빈 공산당 당 간부 복장을 하고 있었다.

"지금부터 내 말 그대로 통역해."

"알겠습니다."

바트가 못마땅한 표정으로 강찬을 바라볼 때였다.

"차를 사용할 때 돈을 받은 것까지는 참겠다."

요원이 빠르게 몽골말을 지껄였다.

"지금부터 헛소리를 한마디라도 지껄이면 중국의 특수팀을 부르던가 돌아가겠다."

바트가 강찬을 날카롭게 보았다가 통역에게 뭐라고 중얼거렸다.

"오해랍니다. 돈은 돌려주어도 좋은데, 국경에서 획득한 무기의 소유권은 원래 국경 수비대에 있는 것이 맞는답니다."

"이 개새끼가!"

강찬의 욕을 바트는 알아듣는 눈치였다.

"지금 바로 중국에 전화하겠다고 전해. 그래서 중국 정보국장에게 강력하게 항의하겠다고 하고."

요원이 뚝딱거리는 몽골말을 쏟아 내는 참이다.

"우리가 필요한 무기와 병력 신청할 테니까 알아서 하라고 전히고."

말을 마친 강찬은 똑바로 바트의 눈을 바라보았다.

씨익.

누렇게 때가 낀 이빨을 드러내며 바트가 웃었다. 그러고는 짧게 몽골말을 지껄였다.

"그럴 필요 없답니다. 원하는 대로 하시랍니다."

고개를 두어 번 끄덕여 준 강찬은 요원을 향해 시선을 돌렸다.

"지금 몇 시야?"

"이곳 시간으로 오후 5시 20분입니다."

"미스트랄 설치할 수 있겠어?"

"고정하려면 장비도 필요하고 당장 밤에 작업하기는 어렵습니다."

요원이 답을 한 직후였다.

바트가 또다시 뭐라고 말을 걸었다.

"천 불만 주시면 막사 위에 설치해 주겠답니다."

하마터면 개머리판으로 바트의 이를 모조리 부술 뻔했다.

이 개새끼는 연장을 빌려 달라는데도 돈을 달라고 할 거다.

"당장 설치하는 것으로 하고, 설치된 걸 내가 확인한 뒤에 제대로 됐으면 지불한다고 해."

요원의 말을 전해 들은 바트가 만족한 웃음을 지으며 손을 내밀었다.

강찬은 그만 웃음이 나왔다.

그래! 이게 너희 사는 방식이겠지!

미스트랄이 설치된 것과 아닌 것의 차이를 계산하면 참을 만한 금액이었다.

강찬은 짧게 바트의 손을 잡아 준 뒤에 김태진에게 시선을 주었다.

"아무래도 경비가 있어야 할 것 같은데요?"

김태진이 고개를 끄덕이는 순간이었다. 바트가 또 뭐라고 말을 지껄였다.

이 개새끼가 혹시 한국말을 아는 거 아냐?

이번에는 통역을 맡은 요원도 기가 막힌 모양이었다.

"뭐래? 천 불을 주면 경계도 서 주겠다는 거야?"

"하룻밤에 2천 불 달랍니다."

강찬과 요원, 심지어 김태진과 주위에 있던 오광택까지 웃었다. 그만큼 기가 막힌 대꾸였고, 또 뻔뻔하기 그지없는 표정이었다.

"경계는 이 새끼들을 믿기 어려워. 그러니까 한 시간씩 교대로 올라가는 걸로 하자. 혹시 모르니까 핫팩 챙겨 온 거 있으면 전부 모아 봐."

"알겠습니다."

강찬은 일단 경계를 세우기로 했다.

안느에게서 빌은 모니터를 떠올리기도 했지만, 1분이라

는 시간 차이가 마음에 걸렸다. 1분이면 적이 다가와서 미스트랄을 편안하게 갈기고, 담배에 불을 붙이고도 남을 시간이었다.

강찬은 일단 막사 안으로 움직였다.

안으로 들어서자 따끈한 온기가 훅 하고 달려들었다.

철컥!

소총을 한쪽에 세우고, 마스크를 떼어 냈다.

"커피 드시겠습니까?"

"응, 그러자!"

커피 한잔 마시기 더럽게 힘든 동네다.

요원이 건네준 종이컵을 받고 담배에 불을 붙일 때 김태진과 오광택이 들어섰다.

"그러지 마! 그렇게 하면 내가 불편하다니까!"

강찬이 담배를 끄려 하자 김태진이 손짓까지 하며 말렸다.

"우리도 커피 한 잔 줄 수 있나?"

"알겠습니다."

이곳의 요원들은 모두 김태진의 명성을 안다. 요원이 공손하게 답을 하고 주방으로 움직였다.

"내일부터 나하고 우리 애들 전부 사격 훈련하기로 했다."

강찬이 적당히 담배를 끄는 것을 보며 오광택이 말을 건넸다.

"이야! 오늘 보니까 거, 영감님 솜씨 굉장하더라!"

이 새끼는 무슨 말을 하려고 온 거지?

강찬의 시선을 피한 오광택이 잽싸게 요원이 건네주는 종이컵을 받아 들었다.

제8장

내가 선택한 것 맞다

커피를 마신 강찬은 요원에게 위성 영상 수신 모니터를 찾아 달라고 했다.

잠시 후, 요원이 모니터를 들고 왔다.

"대표님, 이걸 켜면 이 근방의 위치를 모두 볼 수 있습니다."

강찬은 간이 배터리에 연결해서 모니터를 켰고, 간단한 사용법을 알려 주었다.

"이건 굉장하군."

"우아!"

김태진과 오광택이 각자의 방식으로 감탄사를 털어놓았다.

"대신 지금 보이는 영상이 1분 전의 상황이라는 걸 잊으시면 안 됩니다. 아까 같은 상황에서 1분이면 이곳이 전부 날아갑니다."

"그렇다면 최소 1분 거리 바깥을 볼 수 있도록 화면을 확대하면 되잖나?"

"그렇게 하면 위장 상태에서 다가오는 적을 놓칠 수도 있으니까, 아무튼 참고는 하지만 이걸 믿고 경계를 늦추는 건 위험하지요."

"그건 그렇군."

김태진이 고개를 끄덕일 때였다.

치잇.

[식사하십시오!]

하는 무전이 들렸다.

강찬은 김태진, 오광택, 그리고 요원과 함께 막사를 나섰다. 아직 어둠이 내리지 않았는데 바람만 좀 없어도 훨씬 덜 춥게 느껴질 것 같았다.

식당으로 들어서자 후끈한 열기와 음식 냄새가 훅 하고 달려들었다.

우리 쪽 숫자만큼이나 비슷한 몽골 수비대원들이 자리를 차지하고 앉아서 게걸스럽게 밥을 먹고 있었다.

식탁에 기본 반찬을 깔았고, 밥과 국은 각자 알아서 식판에 담는 형태였다.

강찬은 식판에 밥과 국을 퍼서 적당한 자리로 움직였다. 설거지를 줄이기 위해서인지 식판에는 비닐이 씌워 있었다. 물을 아끼려니까 별짓을 다 한다.

솔직히 강철규를 만날까 봐 부담스러웠는데 어쩐 일인지 식당에 그는 보이지 않았다. 그렇다고 어디 있냐고 묻기도 그렇고.

강찬이 앉은 맞은편에 김태진과 오광택이 앉았고, 옆으로 요원이 자리했다.

"맛있게 드세요."

"자네도 많이 먹어."

오광택의 동생 놈들이 거추장스럽게 인사를 했지만, 저짓을 하지 말라고 할 놈은 오광택밖에 없는 거다.

강찬은 모른 척하고 밥을 먹었다.

점심을 라면 하나로 부실하게 먹었던 탓도 있겠지만, 그걸 따지지 않더라도 밥은 먹을 만했다.

"아무래도 한 번쯤 더 오겠지?"

"글쎄요? 그건 저도 잘 모르겠어요. 조금 뒤에 러시아 쪽으로 전화를 한번 해 볼 참입니다."

"마피아에 아는 사람이 있나?"

"러시아 정보국에 부탁을 해 볼까 하는데 크게 기대하기는 어렵습니다."

"그렇군."

식사를 하면서 나눈 영양가 있는 대화는 이게 전부였다.

밥을 다 먹는 데 대략 15분쯤 걸렸다.

잔반을 모으고, 비닐을 벗겨 옆의 쓰레기통에 담고는 밖으로 나왔다.

날씨도 그렇고, 매서운 바람 때문에 식당 앞에서 담배를 피우는 건 상상하기도 어려웠다.

이런 것도 적응이 될까?

강찬은 몸서리를 치며 막사로 향하면서도 짧은 순간에 주변을 빠르게 훑었다.

일종의 버릇이고, 습관이었다.

그런데 막사 위에 소총을 오른팔에 걸치고 서 있는 강철규가 있었다. 어쩐지 안 보인다 했더니 가장 먼저 경계를 섰던 모양이다.

"본인이 첫 번째로 하겠다고 나섰어."

강찬의 시선을 눈치챘는지 김태진이 얼른 입을 열었.

멀리서 어둠이 서서히 내리고 있었다.

"오 사장 쪽은 아직 경계 업무에 익숙하지 않아서 경계는 일단 요원들끼리 돌아가면서 하기로 했어."

"저도 끼우세요."

"그럴 필요가 있나?"

"지금부터 돌아도 12시간이면 12명이 필요한데요. 첫날 이 정도로 과감하게 달려드는 놈들이라면 우선 적응할 때까지 사양할 것 없습니다."

"그렇게 하지."

말을 하는 동안 막사로 들어왔다.

주철범이 소총을 들고 따라와서 다섯이 막사의 소파에 앉았다.

이왕 말이 나온 김이다.

강찬은 모양이 빠지긴 하지만, 일단 바실리에게 전화를 하기로 했다.

전화기를 가져와 번호를 찾았고, 바로 통화 버튼을 눌렀다.

신호음이 두 번 울린 뒤에 바실리의 음성이 들렸다.

[요란하게 환영 인사를 마쳤더군.]

"도대체 모르는 게 없네?"

[그런 농담을 하려고 전화한 건 아닐 테고, 내가 다음 일정이 바빠서 그러니 하고 싶은 말을 하지.]

이 새끼가?

강찬은 강철규를 떠올리며 마음을 가라앉혔다.

"바실리, 불편하게 지내고 싶지 않다. 그러니 마피아를 물려 줬으면 좋겠어."

[뭔가 오해를 하고 있는 모양이군.]

김태진과 오광택이 빤히 바라보는 앞이다. 수화기 너머에서 바실리는 불편하게 말을 지껄였다.

[그쪽에 있는 마피아는 모스크바와 또 달라. 우리가 데나다이트를 욕심낸 건 맞지만, 새로운 영웅과 총질을 하면서까지 달려들 마음도 없고.]

최소한 거짓말을 하는 것 같지는 않았다.

[우리가 일을 의뢰했던 놈들은 모두 손을 뗐어. 오늘 방문했던 놈들은 지역에서 자생하는 놈들이지. 그놈들을 처리하려면 나도 부대를 따로 보내야 돼. 그러니 그걸 원한다면 따로 의논하기로 하지.]

이게 정말일까?

강찬은 오광택을 잠시 보았다.

아서라. 아무리 오광택이 강남을 잡아먹은 깡패라고 해도 러시아 마피아의 계보를 알기는 어려울 거다.

"그렇다면 이곳을 정리하는 것으로 바실리의 감정을 건드릴 일은 없는 거겠군."

[후후후.]

특별할 것이 없는 대화였는데 바실리는 자존심을 다친 사람처럼 웃었다.

[러시아 마피아에서 가장 악착같은 놈들을 상대하는 거다. 환경이 그래서 그놈들이 먹고살 것이 광물밖에 없거든. 한 가지만 충고를 해 주지. 자네의 능력은 인정한다. 하지만 아프리카에 가고 난 다음에도 오늘처럼 넘길 거라는 기대는 버려라. 스페츠나츠 출신 마피아들이 그쪽으로 옮겨

갔다는 정보가 있다.]

강찬은 전화기에 들리지 않게 숨을 내쉬었다.

전직 스페츠나츠면 지금 있는 요원들로 상대하기는 버거운 적이 분명했다.

[내가 끼어들 수는 있지. 대신 우리가 손대면 반드시 우리 군이 그곳에 주둔하게 돼.]

"알았다, 바실리. 도움 줘서 고맙다."

[후우!]

뜻 모를 한숨 소리가 전화기를 타고 건너온 다음이었다.

[적당히 실력을 보이고, 어지간하면 흥정을 해라. 국경 수비대장 바트라면 충분히 중재할 능력이 있다. 차라리 1년에 얼마를 주겠다고 하는 게 서로 좋을 거다.]

"바실리."

강찬이 불렀는데도 바실리는 답을 하지 않았다.

"고맙다."

[흥!]

코웃음 소리가 들리고는 전화가 뚝 끊겼다. 이 새끼도 전화 매너를 배울 필요가 있다.

강찬은 전화를 끊고 통화 내용을 김태진과 오광택에게 알려 주었다.

"나쁘지는 않군."

우선 김태진의 반응이 있었고,

"이거 오광택이 상납금을 바치게 생겼네!"
하는 오광택의 투덜거림이 있었다.
당장 결정하기는 어려워서 침묵이 흐를 때였다.
덜컹.
문이 열리고 요원 한 명이 상체를 안으로 넣었다.
"미스트랄 설치가 끝났다고 확인해 달랍니다."
"알았어. 지금 갈게."
강찬은 곧바로 몸을 일으켰다.
해가 기울어서 피처럼 붉은 노을이 황량한 대지를 뒤덮은 시간이었다.
막사 위로 올라갔을 때는 요원 2명과 국경 수비대원 셋, 바트, 그리고 강철규가 있었다.
늙은이가 이렇게 오래 밖에 있어도 되나?
자꾸만 신경이 쓰였다.
강찬은 최대한 시선을 주지 않은 채로 미스트랄을 살핀 후에 요원들을 보았다.
"제가 두 번 확인했는데 부착은 제대로 됐습니다. 다만, 기온이 더 떨어졌을 때 작동이 어떨지는 모르겠습니다."
강찬은 고개를 끄덕여 준 후에 철제 계단을 통해 아래로 내려왔다.
"비용을 줘."
"저, 바트가 하고 싶은 말이 있답니다."

통역이 강찬을 붙들 때 바트가 앞으로 나섰다.

이 새끼들은 안 추운가?

시커먼 얼굴에 전혀 어울리지 않는 콧수염을 단 바트가 빠르게 몽골말을 지껄였다.

"아들 하나와 딸 하나가 있는데 한국으로 유학 보내 달랍니다."

어이가 없어서 웃음이 나오는 순간이었다.

"그렇게 해 주면 러시아 마피아가 한 달가량 다가오지 못하게 하겠답니다."

"내일까지 여기 김 대표님과 오 사장과 의논해서 알려 준다고 해."

요원이 빠르게 말을 전하자 바트가 고개를 끄덕이며 뒤로 돌아나갔다.

도대체 국경 수비대장이라는 어마어마한 직책을 저 새끼에게 맡긴 놈은 누군지 면상을 한 번 보고 싶었다. 그러면서 한편으로는 미국이나 중국의 정보국에서 기회를 엿보는 한국 정치인이나 기업인을 보는 시선이 이렇겠구나 싶은 생각도 들었다.

덜컹.

강찬의 막사로 김태진과 오광택, 요원, 그리고 주철범이 다시 들어왔다.

"2009년에 야당인 민주당이 최초로 대통령을 배출해서 장관과 굵직한 자리가 모두 교체되는 분위기라고 하더군. 물러나기 전에 한몫 챙겨야 한다고 벼르는 사람들이 많다고도 하고."

강찬의 표정을 읽었는지 김태진이 입을 열었다.

"내가 생각할 때 바트의 뒤를 좀 긁어 주고, 러시아 마피아와 손잡는 것도 나쁘지는 않겠어."

"저는 여길 떠날 사람입니다. 대표님이 광택이와 상의해서 결정하시면 반대하지는 않겠습니다."

"아무래도 내키지 않는 거지?"

강찬은 먼저 고개를 끄덕였다.

"상납금이든, 관리비든, 한번 주기 시작하면 끝이 없고, 또 여기에서 수익이 발생하면 점점 더 요구가 커지지 않을까요?"

"우리 규모가 커지면 저들도 함부로 달려들지 못할 게 아닌가?"

"글쎄요?"

강찬은 오광택을 슬쩍 보았다.

"나중에는 반드시 요구가 더 커질 겁니다. 받아먹던 버릇에 공장 설비까지 해야 하니까요. 또 돈이 나오는 곳이란 인식이 박히면 그땐 정말 죽기 살기로 덤벼들게 됩니다. 그 돈으로 유지되던 것들을 지키려면 저놈들도 어쩔 수 없지요."

"그건 그렇지."

오광택이 고개를 끄덕이며 강찬의 말을 받았다.

"상납금이라는 게 한번 받으면 멈출 수가 없습니다. 그건 찬이 말이 맞습니다."

"흠, 그렇다고 자네가 빠져나간 상태에서 저들하고 싸우기도 그렇고."

"2진은 언제 옵니까?"

"아무리 빨라도 3주는 걸린다고 봐야지."

"그중 전투 인원은요?"

"전에 비무장지대 출신 선후배들이 있어서 상현이와 함께 들어올 거야. 출국에 제한이 걸린 친구들 때문에 시간이 좀 더 걸렸어."

강찬의 시선을 받은 김태진이 입맛을 다셨다.

"뭐, 제대하고 밖에서 살다가 이런저런 죄를 지은 사람들이 많아서."

그럴 수도 있겠다.

강찬은 그러려니 하고 넘겼다.

⚜ ⚜ ⚜

강철규는 소총의 감촉을 느끼며 어둠이 깔리는 황야를 살폈다.

살면서 다시 방아쇠를 당길 일이 생길 줄은 몰랐다.

그러면서 피처럼 붉은 노을을 보며 어쩌면 소원이 이루어질지 모른다는 생각도 했다.

이곳에서 죽는다.

김태진이 아들의 유품이라도 찾을 수 있도록 돕겠다고 했고, 무엇보다 강찬이란 인물이 아들을 알고 있다고 들었다.

그 말을 듣는 순간, 하마터면 강철규는 강찬에게 매달릴 뻔했다.

녀석의 마지막이 어땠는지?

평소에는, 그리고 전투에서는 어떤 모습이었는지?

아버지?

개뿔이 아버지다.

강철규더러 입장을 바꿔 생각하라고 해도 당장 달려들어 멱살을 쥐고 바닥에 패대기치고 말았을 거다.

강찬이 고맙기까지 했다.

아들을 그렇게까지 생각해 주었다는 것이.

아직 스물이 되지 않았… 이제 스물이 된 그의 눈빛을 보면서 젊었을 때의 모습이 떠올랐다면 그가 믿을까?

개처럼 짖으라면 짖을 거고, 매일 밤 이렇게 경계를 서라면 또 그럴 거다.

아들?

사진을 보고 봐도 기억이 제대로 나지 않는다.

얼마나 원망스러웠을까? 그저 그 생각만 들었다.

죽은 아들이다.

이런 감정이나 미안함, 그리고 뒤늦은 후회를 아들은 알지 못한다. 죽었으니까.

나이를 먹었다. 그래서 지금은 아들을 생각하면 울컥 눈물이 올라올 때가 있다.

미안하다, 아들아!

소리라도 크게 질러 보고 싶었다.

커다랗게 울면서 후회하고 싶었다.

그런데 그렇게 하는 게 오히려 아들을 욕보이는 짓처럼 느껴졌다.

전쟁터에서 죽는 것이 어떤지 누구보다 잘 안다.

그렇게 죽게 만들어 놓고 죽은 다음에 혼자 마음 편하자고 소리 지르고 울부짖어?

울 자격도 없는 몸이 그렇게 하는 건, 개만도 못한 짓이다.

이곳이라면, 지금의 몸 상태라면, 금방 갈 것 같다.

그때는 네 마음대로 욕하고 침 뱉고, 주먹질해라. 그렇게 해서 억울함이 조금이라도 풀릴 수 있다면 얼마든지 그렇게 해라.

너무 지옥 밑바닥에 떨어져서 그게 힘들다면 아득바득 위로 올라가마.

강철규는 어둠에 거의 잡아먹힌 땅 끝을 보았다.

찌이잉.

뒤통수에서 갑자기 끔찍한 고통이 올라왔다. 그래서 강철규는 인상을 찌푸리며 입 끝으로 웃었다.

이 고통이 아들을 죽게 한 벌이라고 생각한다.

이 고통의 끝에 죽음이 있기를 바란다.

만약 적의 손에 죽는다면… 가장 잔인한 방법으로 죽었으면 싶다.

고통을 못 이겨 발버둥 치는 것으로 죄를 조금이나마 대신하고 싶었다.

조국을 위해 살았다.

대원들이 세상의 전부인 것처럼 살았다.

선택은 강철규가 한 것 맞다. 그러니 그에 대한 대가도 본인이 치르는 것이 맞다.

철컥!

강철규는 무언가 움직이는 것이 보여서 빠르게 소총을 어깨에 걸었다.

이곳에 있는 사람은 하나도 건드리지 못하게 할 거다.

특히나 강찬은.

아들 일에 분노해 주는 남자를 건드리게 하지는 않을 거다.

비무장왕.

너희는 이 이름의 무게를 모른다.

강찬은 내 손으로 지킨다.

그래서 그가 이곳을 무사히 빠져나가게 할 거다.

강철규의 눈빛을 봤을까?

늑대 몇 마리가 이쪽을 향해 머리를 들고 꼼짝도 않고 있었다.

철커덕.

강철규는 소총을 다시 오른팔에 걸었다.

⚜ ⚜ ⚜

"알았소. 이쪽은 나흘 뒤에 출발할 거요."

[그렇게 빨리?]

"내일 국회 동의를 통과하면 바로 출국할 거라는 통지가 있었소."

석강호가 시선을 돌려서 힐끔 차동균을 보았다.

"그나저나 밤에 괜찮겠소? 낮에 왔던 놈들이 모조리 죽어 자빠졌으니까 아무래도 복수 같은 거 하려고 들 거 아니오?"

[모르겠다. 일단 오늘은 국경 수비대가 있으니까 그럭저럭 넘어갈 것 같은데 내일이 문제지.]

"전기는요? 전화기 충전이나 할 수 있겠소?"

[휘발유로 도는 발전기가 따로 있어.]

"어지간한 시설은 다 있는 거네!"

[확!]

석강호가 킬킬거리면서 웃었다.

"이쪽은 걱정하지 말고 잘 있다가 넘어오쇼. 그나저나 대장이 넘어오면 거기가 걱정이오."

[그러게. 그렇다고 2진이 3주 뒤에나 온다는데 마냥 기다리고 있을 수도 없고, 영 지랄 같다.]

"상황 봐서 움직여요."

[알았다. 하여간 조심해라.]

"알았소."

전화를 끊은 석강호가 담배를 집어 들었다.

찰칵.

"저쪽이… 후우, 상황이 별로 안 좋은 모양인데? 오늘 벌써 마피아와 한판 해서 여섯 잡고 미스트랄까지 뺏었다는데."

"러시아 마피아라고 말만 들었는데 그 정도 무기를 들고 나타날 정도인가 보군요."

"아흐! 남 걱정할 때 아니다. 피워."

석강호가 담배를 건네자 차동균이 받아 들었다.

"통역은?"

"아까 들어가는 거 같던데요? 처음 손발을 맞추려니까 아예 죽을 맛인 모양입니다."

"푸흐흐흐."

석강호가 잔인하게 웃었다.

"사무실에서 통역이나 하던 놈을 데려다가 냅다 실탄을 갈겨 댔으니 오줌 안 싼 게 장하다."

차동균이 소리도 내지 못하고 흐느끼듯 웃었다.

"그 새끼들 내일 안 나오는 거 아니냐?"

"그래도 군인들인데요."

차동균은 억지로 웃음을 참고 있었다.

⚜ ⚜ ⚜

강찬은 밤 10시에서 11시의 경계를 섰다.

원래는 오광택과 그의 동생들을 경계 임무에서 제외하기로 했는데, 하루빨리 배우겠다는 오광택의 주장에 따라 요원과 오광택 쪽 식구들이 2인 1조로 경계를 섰다.

강찬을 따라나선 건 오광택이었다.

휘이이잉!

바람이 쓱 지나칠 때면 바깥에 드러난 눈가를 칼로 이리저리 후비는 느낌마저 들었다.

"씨이발!"

오광택이 덜컥 욕을 뱉었다.

영하 40도에 가까운 기운에 칼바람이 분다.

가만히 서 있으면 피가 얼어붙는 느낌이 들어서 오광택은 자꾸만 발을 동동 굴렀다.

"후회 되냐?"

"안 돼, 이 새끼야!"

숨을 내쉬며 올라온 습기가 오광택의 눈썹에 하얗게 얼어붙어 있었다.

"우선 멀리 봐. 아무리 어두워도 하늘과 땅의 경계는 반드시 다르다. 그곳부터 당기듯이 천천히 훑고, 다음은 좌에서 우로 지그재그 형태로 살피면서 다시 지평선으로 시선을 던져."

"너는 이걸 어디서 배운 거냐?"

"인터넷."

"개새끼!"

강찬은 욕을 먹고도 피식 웃고 말았다.

악이 받친 거다. 추운 날 피가 얼어붙는 느낌이 처음이라면 당연히 악에 받치는 게 맞다.

"몸을 꿈틀거린다고 생각하고 움직여, 근육을 천천히, 하나씩 움직이는 거다. 우리는 편한 거야. 이런 날, 전차에 처박혀서 대기하는 놈들 중에는 정말 하얗게 얼어 죽는 놈이 나온다."

"아무렴 가만 앉아서 얼어 죽는 놈이 있겠냐?"

오광택은 강찬의 말이 믿기지 않는 눈치였다.

"한번 몸이 얼면 모든 게 귀찮아져. 그리고 몸이 굳는다.

그 상태에서 서서히 피가 얼고 그렇게 한 시간이면 결국 죽는다."

오광택이 놀란 눈으로 강찬을 보았다.

"전차 부대원은 열기에 피가 끓어서도 죽고, 이런 날 대기하다가 얼어서도 죽는다. 단숨에 이런 곳에 있게 되면 놀라서 뛰쳐나가는데, 서서히 피가 얼게 되면 고통을 못 느껴. 너도 이렇게 있다가 졸음이 온다고 느끼면 피가 얼고 있는 거다. 그럴 땐 무조건 안으로 들어가."

"씨발! 얼어 죽으면 죽었지, 쪽팔리게 어떻게 들어가냐!"

강찬은 지평선에 두었던 시선을 천천히 당겼다.

"이렇게 보름만 지나면 거짓말처럼 적응한다. 네가 가장 큰형이잖아. 그 보름 동안 동생들은 정말 얼어 죽는다. 쪽팔리는 게 무섭냐? 아니면 동생들이 얼어 죽는 게 무섭냐?"

오광택은 대꾸하지 못하고 강찬의 옆모습을 노려보았다.

"유라시아 철도를 연결할 거다. 이곳이 그 시작점이야. 어설픈 일 같으면 너보고 하자고도 안 했다. 그래서 너에게 미안하기도 하고, 반대로 너밖에 이걸 맡길 놈이 없었다."

"그래야지! 이런 일은 이 오광택이에게 맡겨야지!"

"그러니까 보름 동안 적응하는 데 부끄럽다는 생각은 버려. 그리고 유라시아 철도를 대한민국에 연결하자. 러시아, 중국, 몽골 놈들의 방해를 뚫고 아시아의 혈관을 우리 손안에 담는 일이다."

"개새끼! 피가 바글바글 끓는다."

강찬은 오광택을 보며 피식 웃고는 다시 시선을 멀리 두었다.

그때였다.

철컥!

강찬은 소총을 어깨에 걸고 날카롭게 겨눴다.

"뭐냐?"

숨 막히는 정적이 흐른 다음이었다.

철커덕.

강찬이 소총을 아래로 내렸다.

"늑대인 것 같은데? 아까 먹다 남은 시체를 끌고 가는 모양이다."

"히잇!"

"늑대를 보는 훈련부터 해. 멀리서 천천히 시선을 당기다 보면 늑대가 보일 거다. 지금처럼 훈련하기도 쉽지 않아."

"어디?"

오광택이 5분쯤 강찬의 지시대로 시선을 움직였다.

"보인다!"

"소리는 죽이고. 지금 정도 목소리면 이 밤에는 1킬로미터 너머에서도 들린다."

오광택이 입을 다물고 시선을 멀리 두었다.

반나절 같은 한 시간이 지나고, 요원 한 명과 주철범이 막사 위로 올라왔다.

"야간 투시경은?"

"가져왔습니다."

"수고해."

"고생하셨습니다."

요원과 주철범이 동시에 같은 인사를 했다.

강찬과 함께 좁은 철계단을 내려온 오광택이 단박에 상체를 기울이며 입을 열었다.

"야! 야간 투시경이 있는데 왜 너는 안 썼어?"

"네가 여기 대장 할 거잖아? 그럼 그런 거 없이도 주변을 살필 능력 정도는 있어야지. 그래야 하지 않을까?"

오광택이 눈을 번들거리며 고개를 끄덕였다.

철컹.

막사 안으로 들어서자 후끈한 열기가 느껴졌다.

"어후! 아버지!"

오광택은 그대로 소파에 주저앉았다.

"오광택, 막사에 들어오면 소총의 안전장치부터 확인해. 그렇게 대충 걸쳐 놨다가 넘어지면 무조건 총알이 튀어 나간다."

마스크를 벗은 강찬의 눈초리를 받은 오광택이 군소리하지 않고 M16의 안전장치를 걸고 한쪽에 세웠다.

동생들을 책임지겠다는 의지가 지시를 순순히 받게 만드

는 눈치였다.

"씨발, 그래도 너랑 조금은 더 가까워지는 것 같아서 그거 하나는 마음에 든다."

"시끄러, 이 새끼야. 담배나 하나 피우자."

"가만있어 봐. 내가 커피 끓일게."

바깥에 껴입은 방한 바지를 벗으며 강찬은 피식 웃었다. 천하의 오광택이 봉지 커피를 타겠다고 주방에 서 있었다. 그것도 괴뢰군 복장을 하고 말이다.

사내새끼들은 이럴 때 가슴에 담긴다.

종이컵에 담긴 커피 2잔과 담배 2개비.

강찬은 라이터를 꺼내서 오광택의 담배에 불을 붙여 주었다.

찰칵.

"후우!"

담배 연기를 뿜은 오광택이 기가 막힌지 웃음을 터트렸다.

"후회 안 하니까 헛소리하지 마!"

그러고는 강찬의 눈을 힐끔 보면서 투덜거렸다.

사람 일은 정말 모르는 거다.

강남을 주름잡던 깡패가 몽골의 황야에서 괴뢰군 복장으로 커피를 탈 줄 누군들 짐작이나 했겠나?

"내가 선택한 거다. 그러니까 후회 없다."

"누가 뭐랬냐?"

둘이서 킬킬거리면서 커피와 담배를 함께한 다음, 곧바로 잠자리에 들어갔다.

잘 수 있을 때 자고, 먹을 수 있을 때 먹는다.

전투에 나서거나 작전에 나서면 무조건 앞의 두 가지를 지켜야 한다. 살아남으려면 우선 지킬 건 지키고 보는 게 좋다.

강찬은 침대에 누워서 천장을 보았다.

아프리카와는 달리 보고 싶은 사람들이 있었다.

강대경, 유혜숙, 석강호, 그리고 김미영.

편히 주무세요, 잘 자.

그리고 강찬은 까무룩 잠이 들었다.

⚜ ⚜ ⚜

부르릉! 부릉! 부우우웅!

강찬은 날카롭게 눈을 뜨고 침대에서 일어섰다.

화다닥!

그러고는 서둘러 거실로 나가서 소총을 들었다.

그때 강찬의 눈에 탁자 위에 놓인 무전기가 보였다.

이럴 땐 우선 무전이 최고다.

치이익.

"경계! 무슨 소리야?"

치잇.

[국경 수비대가 귀대하고 있습니다.]

치잇.

"지금 몇 시야?"

치잇.

[새벽 4시입니다.]

애새끼들이 지랄, 지랄, 별 지랄을 다 떤다.

치잇.

"우리가 탈취한 차는 그대로 있지?"

치잇.

[키를 김태진 대표가 가지고 있습니다.]

이 정도면 그놈들이 간다고 그리 아쉽지는 않다.

혹시 이놈들이 러시아 마피아와 모종의 약속이 있나 싶기도 했는데 경계하는 요원은 특수부대 출신이다.

최소한 무방비로 당하는 일은 없을 거란 믿음은 있었다.

강찬은 소총을 내려놓고 다시 방으로 들어갔다.

어딘가 찜찜한 구석이 있었지만, 국경 수비대가 떠나는 것을 막을 권리는 없는 거라서 다시 잠을 청했다.

한 시간을 더 자고 일어난 강찬은 우선 막사 안에서 가볍게 몸을 풀었다.

다음은 1.5리터 물병을 들어 한 모금을 마신 다음 화장실로 들어갔다.

사람은 적응의 동물이다.

우선 적실 정도의 물을 얼굴과 머리에 뿌리고 거품이 약간 일어날 정도만 비누칠을 한다. 그리고 남은 물을 위에서부터 똑바로 흐르게 부어서 흘러내리는 거품과 물을 이용해 몸을 닦는 거다.

듣기에는 지랄 같지만, 그나마 씻는 것과 안 씻는 것의 차이는 천국과 지옥 정도였다.

또 있다.

이렇게 한 병 가지고 샤워를 하다가 2병, 혹은 3병으로 샤워를 하라고 하면 물이 남아서 처치 곤란한 심정을 느낄 때도 있다.

강찬이 몸을 씻고 나오자 오광택이 존경하는 눈빛으로 바라보았다.

"들어와 봐."

어차피 이곳의 대장이 될 놈이다.

강찬은 옷을 벗은 오광택을 쪼그려 앉게 한 다음, 물 한 병으로 샤워를 마치게 했다.

"이야! 이거 죽인다."

물기를 수건으로 닦은 오광택이 단박에 표정이 바뀌어서 화장실을 나섰다. 이렇게라도 샤워를 한 것과 하지 않은 것의 차이를 실감한 까닭이었다.

"얼마나 더 배워야 하는 거냐?"

그러면서 한편으로 걱정되는 얼굴이었다.

"그런 걱정은 필요 없다. 그냥 적응하겠다고 마음먹고 달려들면 다 하게 되어 있어. 다만, 전투와 무기에 관한 것은 제대로 배우는 게 중요하다."

오광택이 고개를 끄덕일 때였다.

전화기를 들어 시간을 확인하던 강찬은 고개를 갸웃했다.

먹통이다.

어제까지 석강호와 통화를 했는데 자고 일어났더니 전화기의 신호가 전혀 잡히지 않고 있었다.

"오광택, 전화기 한번 확인해 봐."

"전화기? 왜?"

"먹통인데?"

"그래?"

두꺼운 옷을 끼어 입던 오광택이 불편한 걸음으로 방으로 들어갔다.

"야! 내 것도 먹통인데?"

그때 밖에서 요원이 들어왔고, 갓 잠에서 깨어난 주철범이 거실로 나왔다.

"편히 주무셨습니까, 형님?"

"응. 밥 먹게 얼른 씻어라."

주철범이 인사를 하고 화장실로 들어간 다음이었다.

"전화기가 먹통인데 아는 거 있어?"

강찬은 요원에게 질문을 던졌다.

"그렇잖아도 말씀드리려던 참입니다. 아무래도 국경 수비대가 이동 기지국을 가지고 가 버린 것 같습니다."

강찬은 단박에 상황을 알 것 같았다.

어쩐지 개새끼들이 새벽같이 가더라니.

그렇더라도 소위 '포터블'이라고 부르는 이동 기지국의 크기가 만만하지 않아서 옮기기가 쉽지 않은데?

하여간 이동 기지국을 도둑맞을 줄은 몰랐다.

"우선 밥부터 먹자."

주철범이 겨우 세수만 한 얼굴로 나왔다.

강찬은 식당으로 향하며 주변을 살폈다.

이번에도 막사 위에 강철규가 있었는데, 날씨와 바람은 어제와 다르지 않았다.

늙은이가 빈속에 저렇게 서 있으면 집중력이 떨어지는 거 아냐?

강찬은 곧바로 머리를 저었다.

1킬로미터 바깥에 있는 적의 목을 뚫는 사람이 이런 훤한 아침에 아무렴 다가오는 적을 놓치겠나?

공연히 마음 쓰이는 것이 싫어서 강찬은 빠르게 식당 안으로 들어갔다. 비닐이 씌워진 식판을 늘고 밥과 국을 뜬 다음, 탁자에 앉자 김태진이 나타났다.

간단하게 인사를 하고 밥을 먹기 시작했다.

"전화기가 먹통이 됐는데 연락할 방법이 있나요?"

"위성 전화기가 한 대 있어서 급하게 김형정 팀장에게 연락했다. 전화기가 필요하면 여기 요원에게 말하면 가져다주마."

"필요하면 말씀드릴게요."

다른 말을 하지는 않았지만, 김태진도 기가 막힌 얼굴이었다.

밥을 먹고 막사로 돌아온 시간은 7시 40분쯤이었다.

김태진까지 한꺼번에 와서 다 같이 커피를 마셨다.

"교육은 몇 시부터인가요?"

"9시부터 할 예정인데 괜찮을까?"

"문제가 있나요?"

"국경 수비대가 새벽에 나간 것도 그렇고, 이동 기지국까지 가져간 것이 찜찜해서 그래."

김태진이 커피를 마시며 강찬을 보았다.

처음과 달리 시간이 지날수록 김태진의 눈빛이 사납게 변하고 있었다. 아마도 긴장된 장소에 있으면서 예전의 감각이 빠르게 되살아나는 느낌이었다.

"교육은 저기 늙은… 영감님이 하나요?"

"그렇지."

강찬의 말을 애써 외면하며 김태진이 고개를 끄덕였다.

"그렇다면 9시부터 제가 경계를 설 테니까 그냥 교육을 진행하는 걸로 하지요. 그저 멍하니 시간을 보내는 것보다는 그게 나을 것 같은데요."

"그렇게 하지. 괜찮겠어?"

"당장은 할 일도 없는데요."

대강 이야기를 마친 다음 김태진이 막사를 나갔다. 지시할 일들이 있기도 했고, 강찬과 오광택이 편하게 담배를 피우라는 배려도 있는 듯 보였다.

찰칵.

강찬과 오광택, 요원과 주철범이 다 같이 담배를 물었다.

"담배는 여유 있냐?"

"가방 하나가 다 담배다. 밥은 떨어져도 담배는 안 떨어질 테니까 걱정하지 마라."

오광택의 답을 들으며 강찬은 뜬금없이 석강호가 그리웠다. 그 새끼는 이럴 때 정말 위로가 된다. 새카맣게 적이 몰려오는 상황에서 '푸흐흐흐.' 하고 웃는 놈이 세상에 몇 놈이나 있겠나?

강찬은 8시 근처에 방한 바지를 껴입고 모자와 마스크를 갖췄다.

"9시부터 선다며?"

"8시에 교대할 거 아니냐? 이럴 때라도 요원들이 조금 더

쉬게 해 줘야 밤에도 견디지."

오광택이 나직하게 숨을 내쉬었다.

강찬을 따라 하지 못하는 것이 억울하기도 한 것 같았고, 더불어 얼른 저런 모습이 되고 싶다는 바람이 담긴 것도 같았다.

철컥! 철커덕!

강찬은 탄창을 새것으로 교체하고 노리쇠를 당겼다.

강찬과 함께 생활하는 요원이 같은 복장을 챙겨 입은 다음 무전기와 소총을 들고 따라 나섰다.

어차피 강찬과 함께 있는 게 임무처럼 보이는 터라 굳이 마다할 이유는 없었다.

휘이이잉! 휘이잉!

둘이서 막사를 나가자 미친년 바람이 기다리고 있었던 것처럼 사방에서 달려들었다.

이게 일정하게만 불어 줘도 견디기가 조금은 나은데, 하여간 땅이라고 참 지랄 맞기도 하다.

둘이서 막사를 돌아 좁은 철제 계단을 올라간 참이다. 위에 있던 강철규가 어색한 표정으로 강찬을 보았다.

"내려가요."

강찬의 말에 강철규가 군소리하지 않고 철제 계단을 내려갔다.

빌어먹을 늙은이가 고분고분한 척하기는!

강찬은 소총을 오른쪽 어깨에 걸고 총구에 손을 얹은 채로 주변을 천천히 살폈다.

요원이 강찬의 곁에서 같은 자세로 소총을 들고서 반대쪽과 맞은편을 살핀다.

휘이이잉! 휘이잉! 휘이이이잉!

"핫팩 하나 드릴까요?"

"괜찮아."

그래도 나름 특수팀 생활을 거친 요원이다. 말을 건네면서도 시선은 먼 곳을 놓치지 않고 있었다.

해가 바로 앞에 있는 것처럼 강렬하게 빛났다.

이런 햇볕을 일주일만 쐬면 누구든 얼굴이 시커멓게 탄다. 바닷가에서 기름 처바르고 태우는 것과는 달리 더럽고, 꼬질꼬질하게 타는데 주름 안쪽은 하얀 살이 그대로 있어서 한마디로 거지꼴이 되는 거다.

강찬은 피식 웃으면서 시선을 천천히 움직였다.

괴뢰군 복장에 거지꼴이 되는 거다.

그래도 이마 위로 들렸던 챙을 내렸고, 마스크를 썼으니까 완전 거지꼴은 면할 거다.

끝없이 펼쳐진 평지를 처음 경험하는 사람은 거짓말처럼 멀미를 한다. 특히나 대한민국처럼 고개만 돌리면 산으로 둘러싸인 곳에서 살던 사람은 열이면 열, 틀림없다.

아닌 게 아니라 함께 있던 요원이 자꾸만 고개를 흔들었

내가 선택한 것 맞다 • 289

다. 이런 멀미는 뱃멀미와 달라서 해상 훈련을 마쳤다고 해서 피할 수 있는 게 아니다.

밤엔 그나마 끝이 보이지 않아서 견딜 만한데, 이렇게 모든 것이 환하게 보이게 되면 피할 방법이 없다.

"무전기 놓고 내려가."

"괜찮습니다."

"그대로 있으면 쓰러진다. 지평선에 적응하려면 빠른 사람이 사흘, 느린 사람은 보름도 걸려. 언제 적이 나타날지 모르니까 쓸데없는 고집 피우지 말고 내려가서 막사 바깥을 보지 마."

강찬의 눈빛과 말투를 본 요원이 '죄송합니다.' 하고는 무전기를 건네주었다.

내려가기 전에 요원이 강찬을 똑바로 보았다.

'정말 정체가 뭡니까? 어떻게 이런 것까지 알고 있습니까?'

강찬은 그냥 웃고 말았다.

그걸 설명할 수 있으면 강철규는 벌써 죽었다.

그러고 보니 강철규는 멀미를 하지 않았다. 늙은이가 이래저래 마음에 드는 구석이 하나도 없다. 당최 인간 같은 구석이 없는 거다. 하기야, 저러니까 자식 죽게 하고 마누라 목매달게 했겠지.

요원이 내려가고 15분쯤 더 흘렀다.

적어도 오전은 이곳에서 지내야 했다.

점심을 먹는 동안 누군가 올라와야 했는데 가능하리라 여겨지는 사람은 강철규와 김태진 정도였다.

서상현은 어느 정도 수준일까?

강찬이 시선을 천천히 움직일 때였다.

두근두근. 두근두근.

가슴이 빠르게 뛰기 시작했다.

국경 수비대가 새벽같이 사라지고, 거기에 이동용 기지국까지 가지고 갔다.

어쩌면 당연한 반응일지 몰랐다.

날카롭게 주변을 둘러보던 강찬은 멀리서 피어오른 흙먼지를 보았다.

저 정도면 꽤 먼 거리다.

강찬은 무전기를 들었다.

치잇.

"미확인 차량 출현, 전 요원 무장한다. 반복한다. 미확인 차량 출현, 전 요원 무장한다."

강찬은 무전기를 내려놓고 먼지가 피어오른 방향을 노려보았다.

와다다닥! 철컥! 와다다닥! 철컥!

소총 소리와 발걸음 소리가 요란하게 기지 안쪽에 울려 퍼졌다.

저게 스페츠나츠 출신이라면 오늘은 정말 어려운 싸움이 될 거다. 그리고 이럴 때 확실히 도움이 될 만한 사람은 역시 강철규와 김태진밖에 없다.

두근두근. 후욱후욱.

강찬이 막사 안쪽을 돌아볼 때였다.

철제 계단을 밟고 강철규가 올라왔다.

휘이이잉!

바람이 거칠게 두 사람 사이를 훑고 지나간 다음이다.

후욱후욱. 후욱후욱.

둘이서 시선이 딱 마주쳤다.

"스페츠나츠 출신일지 몰라."

"알았소."

강철규가 순순히 강찬의 말을 받았다.

제9장

내 삶을 눈물로 채워도

휘이이잉! 휘이잉!

털이 달린 챙이 사정없이 날리는 동안 강찬은 꼼짝도 않고 강철규의 눈을 노려보았다.

갑자기 왜 이래?

왜 고분고분한 척하는 건데?

그때였다.

철계단을 타고 김태진과 요원들이 올라와서 강찬은 시선을 돌릴 수밖에 없었다.

"한 명은 미스트랄을 맡아!"

"알았습니다."

요원 한 명이 레이저 유도기를 늘고 자세를 잡았다.

강찬은 주변을 둘러보았다.

황야에 덩그러니 놓인 기지다. 거기에 요원들 숫자를 다 합쳐도 고작 10명 남짓이었다.

"여기서 포위당하면 답이 없다. 우선 오광택과 그쪽 식구들을 식당에 대기시킨다."

"포위할 거라고 보는 건가?"

김태진이 나름 번들거리는 눈으로 강찬을 보았다.

"달려오는 차량으로 보아서 충분히 가능합니다. 어차피 기지라고 우리뿐이고, 무엇보다 이동 기지국을 가져간 이유가 있을 테니까요."

강찬은 빠르게 답을 하고 요원들을 둘러보았다.

"저 안에 전직 스페츠나츠 대원들이 섞여 있다는 정보다. 무엇보다 저격을 철저하게 경계한다. 주변 막사 위로 2명씩 올라가되 함부로 머리 들지 마라. 다음은 최악의 상황에서 백병전이 벌어지더라도 내 명령이 없이는 절대로 막사에서 내려오지 마라. 이상!"

강찬은 막사 네 곳의 위치를 손가락으로 지정해 주었다.

그사이 흙먼지가 2킬로미터 근처로 다가와 있었다.

"영감! 여기 김 대표님을 책임질 수 있어?"

"알았소."

"그럼 대표님과 이 막사를 맡아."

강철규가 곧바로 고개를 끄덕였다.

"대표님, 여길 뺏기면 정말 다 죽습니다."
"알았다."

김태진의 단단한 답을 들은 강찬은 기지의 중앙을 향해 시선을 돌렸다.

막사의 중앙 공터에서 요원 둘이 만류하고 있는데도 오광택은 물러서지 않고 있었다.

강찬은 빠르게 막사를 내려왔다.

"오광택! 동생들하고 식당에서 대기해."

오광택이 단박에 눈알을 부라렸다.

휘이이잉! 후우욱! 휘이잉!

"지금 달려오는 놈들은 스페츠나츠라고, 러시아가 자랑하는 세계 최강의 특수팀 출신이다. 그러니 지금은 참아라. 네가 흥분하면 여기 동생들은 방아쇠 한 번 당겨 보지 못하고 머리가 뚫린다."

저러다 이 부러지지 싶을 만큼 오광택은 이를 북북 갈아댔다. 강찬의 말을 이해하면서도 그만큼 받아들이기가 어려운 거다.

"오광택! 시간이 없어!"

"으아아!"

바닥을 향해 고개를 휘저으며 악을 쓴 오광택이 시뻘겋게 변한 눈으로 강찬을 보았다.

"빨리 가르쳐 나오. 죽어노 좋으니 최소한 싸울 수 있는 실력만이라도 갖게 해 다오."

"알았다. 그러니 지금은 살아 있자."

오광택이 고개를 끄덕이고는 식당을 향해 몸을 돌렸다.

요원 둘이 맡기로 했던 막사로 기어 올라가는 것을 본 강찬은 김태진이 서 있는 막사를 돌아 앞으로 움직였다.

철커덕!

그러고는 소총을 오른쪽 어깨에 걸었다.

적들은 이미 1킬로미터 안으로 들어와 있었다.

휘이이잉! 휘이이이잉!

막사 위에서 강찬을 바라보던 김태진은 시선을 들다가 강철규와 눈이 마주쳤다.

'선배님, 괜찮으십니까?'

강찬의 반말에 꼬박꼬박 존대하던 강철규가 마음에 걸렸고, 다음으론 부상을 입은 몸이 걱정스러웠다.

그런데 뜻밖에도 강철규는 웃고 있었다. 아련하게.

"지휘자가 정말 대단하군."

"예?"

아직은 소총을 팔에 걸고 있는 강철규가 주변을 둘러보았다.

"자기 혼자 아래에 있다. 백병전이 벌어질 거라고 확신하고 있고, 우리가 위에서 엄호만 제대로 해 준다면 저놈들 전체를 혼자 상대하겠다는 의미가 되지."

이 인간들은 정말 그런 생각을 하고 그걸 알아보았다는 건가?

김태진이 흘깃 아래쪽을 내려다보았을 때였다.

"다가오는 차에는 중화기가 실려 있지 않다. 저놈들이 우리 인원수, 구성을 다 알고 있다는 의미고, 어제의 일을 잔인하게 복수하겠다는 의지이기도 하겠지."

중화기가 없다면 그런 뜻이라는 것은 김태진도 너끈히 짐작하고 남았다.

"아직 5분쯤 시간이 있군. 잠시 여길 맡아 주겠나?"

"알겠습니다."

김태진은 눈빛을 빛내며 답을 했다.

세월을 훌쩍 30년 전으로 당겨 놓은 느낌이었다.

비무장왕이 돌아왔다.

살기로 번들거리는 눈빛, 말투, 표정, 그리고 오만하게 주변을 돌아보는 시선까지. 옆집을 지키라는 듯 툭 던지는 말을 들으며 병아리 김태진은 비무장왕이 다시 깨어났음을 알았다.

강철규는 무겁게 철제 계단을 내려갔다.

강찬은 계단을 내려오는 소리를 분명히 들었다.

적은 1킬로미터 안쪽에 들어서서는 걷는 것처럼 천천히 다가오고 있었다.

트럭 3대, 지프 3대, 그리고 승용차가 2대다.

압도적인 인원 차이를 인식시키며 저렇게 다가오면 저항군은 서서히 겁에 질린다.

피식.

그건 그냥 일반 군인을 상대할 때나 먹히는 거지.

강찬은 누군가가 다가오는 기척에 뒤로 시선을 돌렸다.

강철규가 소총을 오른쪽 어깨에 걸치고 팔로 총구를 누른 채로 다가서고 있었다.

강찬과 강철규의 시선이 다시 마주쳤다.

"부탁이 있어서 왔소."

강찬은 묵묵하게 다음 말을 기다렸다.

사람이 바뀌었다.

지금껏 알고 있던 강철규가 아니다. 그만큼 달라진 눈빛에서 강렬한 카리스마를 뿜어내고 있었다.

이 인간이 정말 비무장왕이 맞았던 건가?

"백병전을 각오한 거라면 나도 이곳에 있게 해 주시오. 위에는 김태진과 요원 한 명이 있으니 둘이서 충분할 거요."

말을 마친 강철규가 자세를 낮춰 방한복 바지를 걷어 올렸다.

스으응.

그러고는 대검을 뽑아 날을 잡은 채로 강찬에게 디밀었다.

"날을 갈아 둔 거요."

이런 인간이 왜? 이런 멋진 눈빛을 가진 군인이 도대체 왜?

강철규가 고개를 슬쩍 들어 강찬의 뒤쪽을 살핀 후에 들고 있는 대검을 앞으로 한 번 더 밀었다.

받으라는 뜻이다.

"날을 갈아 둔 게 하나 더 있소. 그러니 이걸 사용하시오."

적을 앞에 둔 상황이었다. 그렇잖아도 대검의 날이 무딘 게 걱정되던 참이라 강찬은 두말하지 않고 대검의 손잡이를 잡아 왼쪽 소매에 거꾸로 찔러 넣었다.

허락을 받았다고 생각했는지 강철규가 강찬의 옆으로 다가와 고개를 기울이며 앞을 보았다.

거리는 대략 900미터쯤 되었다.

휘이이이잉! 휘잉! 휘이잉!

더럽게 서먹했다. 그래서 그런지 바람이 달려왔다가 '에이!' 하고 짜증을 내듯 사라졌다.

아버지가 아니었다면 이 늙은이를 어떻게 대했을까?

강찬이 힐끔 보았을 때였다.

이를 악문 채로 인상을 찌푸리던 강철규가 웃는 것처럼 입끝을 살짝 들었다. 그러고는 강찬을 힐끔 보는 바람에 시선이 또 마주쳤다.

"뒤통수에 파편이 박혀서 가끔 통증이 몰려올 때가 있소."

누가 물어봤어?

영감이 틈을 주니까 말이 많아진다.

피식.

강철규가 강찬의 마음을 읽은 것처럼 웃었다.

얼굴은 확실히 다르다. 그런데 웃는 느낌은 거울을 본 것처럼 익숙한 것이었다.

적과의 거리는 800미터쯤 되었다.

500미터 안쪽으로 들어오면 사격을 할 생각이었다. 그래서 아직 300미터쯤 여유가 있었다.

"아들에게 하고 싶은 말이 있어?"

왜 이렇게 멍청한 질문을 던진 거지?

강찬도 피식 웃었다.

마스크를 하고 있어서 눈만 보였을 텐데도 느낌은 분명하게 전달되었을 거다.

"무슨 염치가 있어서 할 말이 있겠소? 다만……."

적들에게 시선을 주고 있던 강철규가 빠르게 강찬을 보았다.

"그냥 꼭 한마디만 할 수 있다면……."

영감이 시간 더럽게 끈다.

강찬은 확 짜증이 올라왔다.

"할 말 없는데 억지로 만들지 말고."

강철규가 고개를 끄덕이고 입을 다물었다.

빌어먹을! 그런다고 또 도로 입을 다무는 건 뭐야!

강찬이 짜증을 털어 내며 적을 향해 시선을 돌렸을 때였다.

"미안하다고, 정말 미안하다는 말을 꼭 하고 싶었소."

강철규가 툭 하고 말을 던졌다.

휘이이잉! 휘이잉!

엉뚱한 질문과 묘한 대답에 어색함만 짙어졌다.

강찬은 내심 비웃는 심정으로 적들을 노려보았다.

미안할 짓을 하지 말던가! 조국을 선택하고 대원을 선택하더라도 최소한 가족에게 그따위 개 같은 짓을 하지 말던가!

적들은 600미터 앞에 있었다.

"고맙소."

그때 강철규가 짧은 인사를 던졌다.

"뭐가?"

"이런 곳에서 죽을 기회를 준 것 말이오."

"내가 선택한 게 아니야. 김 대표님이 선택한 거지."

강철규가 고개를 끄덕였다.

"아들놈을 기억해 준 것도 고맙소."

이제 50미터만 더 다가오면 방아쇠를 당겨야 하고, 그때부터 늘 겪어 왔던 지옥문이 활짝 열리는 거다.

그런데도 강찬은 강철규를 날카롭게 노려보았다.

"정말 아들에게 미안하다고 생각해?"

강철규의 아픈 웃음이 어떤 것인지를 여실히 보여 주는

내 삶을 눈물로 채워도 • 303

것처럼 미소 지었다.

"그럼 왜 그렇게 때렸는지 변명해 봐."

여유가 30미터밖에 없었다.

"할 말 없어?"

"미안하오."

"그런 거 말고, 왜 그랬는지 말해 보라고."

강철규가 입술에 힘을 꾹 준 채로 잠자코 있었다.

"왜 그렇게! 씨발! 뭘 잘못했다고! 잘해 보려고 했던 아들을 왜 그렇게 대했냐고!"

"미안······."

"죽고 싶다고? 그럼 죽고 싶어서 프랑스에 갔던 아들 심정은 알겠어? 살고 싶었던 대로 살았으니까 여한은 없을 것 아냐! 그럼 아들은? 죄 없는 마누라는? 그 사람들은 무슨 죄가 있는데?"

적이 500미터 안쪽으로 들어섰다.

강찬도 강철규도 이를 악물고 서로를 노려보았다.

여기까지다.

강찬은 시선을 돌려 적을 노려보았다.

철컥.

이제부터 지옥이 열린다.

휘이이이잉! 휘이잉!

자욱한 먼지가 바람을 타고 일어나고, 그 너머에서 적이

다가오고 있었다.

강찬이 방아쇠를 당기려는 순간이었다.

"미안하다, 아들아."

강철규가 혼잣말처럼 지껄이는 소리가 들렸다. 죽음을 앞둔 상황에서는 누구든 저렇게 혼잣말을 지껄일 수가 있는 거다.

피식.

그렇더라도 무슨 비무장왕이 저따위 구질구질한 소리를 지껄이는 건지, 이름이 아깝다.

강찬은 일단 트럭의 운전석을 확실하게 노렸다.

타아아앙!

트럭이 미끄러지는 것처럼 천천히 멈춰 서는 순간이었다.

타아아앙! 타아아앙! 타다당! 타다다다당!

아군과 적이 동시에 총을 쏘기 시작했다.

타아아앙! 타다다다당! 까가가강! 타다당! 까아앙!

적이 쏜 총알이 막사에 맞으며 불똥과 듣기 거북한 소리가 울려 나왔다.

소총을 들고 싸우는 전투의 적정 거리는 50미터 안팎이다. 그걸 벗어나서 100미터 근처가 되면 엄호나 위협 외에 사격의 의미는 거의 없다. 물론 눈먼 총알에 목숨을 잃는 일은 있지만, 저격수가 아니라면 전투에서는 노리기 어려운 거리인 거다.

막말로 빤히 얼굴이 들여다보이는 거리에서 방아쇠를 당겨도 적을 쓰러트리지 못하는 게 전투다.

그럴 것 같지 않다고?

상대가 손을 위로 들고 표적처럼 제자리에 서 있을 것 같은가?

적도 악착같이 대가리 감춘 채로 달리고 틈만 보이면 방아쇠를 당긴다. 벌떡 상체를 바깥으로 내보내서 눈 깜짝할 사이에 방아쇠를 당기고 다시 몸을 감추는 상황이 연속으로 이어진다.

전투 경험이 부족한 사람은 그 짧은 순간에 아무것도 보지 못한다. 생전 처음 결승전에서 페널티킥을 차거나, 처음 경기에 출전한 선수들이 허둥지둥하는 것은 여기에 비하면 양반이다. 아차 하는 순간에 목숨이 날아가는 탓이다.

타다다당! 카가아앙! 타아앙! 피잉! 타다다다앙!

적이 쏘아 대는 총알이 막사의 여기저기에 사정없이 박혔다.

이런 전투에 오광택과 동생 놈들을 풀어놓으면 완벽한 표적이 되어서 열이면 아홉은 죽어 자빠진다.

타아아앙!

강찬이 방아쇠를 당기는 순간, 트럭의 옆에 붙어 있던 적 한 명이 나무토막처럼 뒤로 넘어갔다.

그리고.

타아아앙!

강철규의 총이 불을 뿜는 순간, 그 옆에 있던 놈 하나가 다시 커다랗게 휘청이며 바닥에 고꾸라졌다.

적은 다가오지 않고 있었다.

강찬은 빠르게 무전기를 들었다.

치잇.

"사격 중지. 반복한다. 사격 중지."

타다다당! 타다당!

몇 차례의 총소리가 울리고 난 후에, 침묵이 막사 주변을 감쌌다.

적의 반응을 본 강찬은 입술에 힘을 준 채로 앞을 노려보았다.

무기와 실탄을 국경 수비대가 조달해 주었다. 그러니 저놈들은 이쪽이 가지고 있는 실탄 숫자까지 대략 파악하고 있는 게 맞다.

이곳에서 도움을 청해 봐야 달려올 놈들이 바로 국경 수비대다. 중국에 전화하면 강찬이 달려온 이유가 없어지고, 러시아에 손을 내밀면 바실리의 조건이 달린다.

적들이 트럭 너머에서 태연하게 담배를 피우는 모습이 보였다.

치잇.

[미스드릴을 이용하는 건 이떤가?]

무전기에서 김태진의 음성이 들려서 강찬은 바로 무전기를 들었다.

치잇.

"우리가 먼저 사용하기를 바라고 있을 겁니다. 그렇게 되면 나중에 저놈들이 가져온 중화기를 막을 방법이 없거든요."

강찬이 답을 하자 김태진은 다른 말이 없었다.

저 새끼들이 원하는 게 뭐지?

가장 간단한 답은 밤을 노리는 거고, 다음은 후속 부대가 도착하기를 기다리는 거다.

하나씩 짚자.

식량은 여유가 있고, 최악의 상황에서 강찬이 중국에 도움을 청할 것을 감안하면 적에게도 그리 많은 시간이 있는 건 아닌데?

뭐지?

강찬은 다시 날카롭게 적이 있는 곳과 그 주위를 둘러보았다.

"영감."

강철규가 강찬에게 빠르게 시선을 주었다.

"위쪽에 올라가서 저격을 막아 줄 수 있어?"

"알았소."

늙은이가 이런 추위에 오래 견디기 쉽지 않을 거다. 그래도 당장 가장 힘이 되는 것만은 분명했다. 무엇보다 지금까지 적을 쓰러트린 아군은 강찬과 강철규 둘밖에 없었다.

강찬은 무전기를 들었다.

치잇.

"대표님, 지금 내려오셔서 위성 영상 모니터를 확인해 주세요. 주변 정황을 확인할 필요가 있겠어요."

치잇.

[알았다.]

김태진의 답이 있는 순간에 강철규가 소리 하나 내지 않고 뒤로 물러났다.

이건 또 아까와 다른 동작이다.

강철규는 시간이 흐를수록 전에 가지고 있던 실력이 자연스럽게 나오는 모양이었다.

강찬은 날카롭게 강철규가 사라진 곳을 보았다.

저 정도로 소리 없이 움직이는 적이라면?

등골이 오싹할 지경이었다.

푸슝! 카앙!

잠시 후, 저격총 소리가 들렸고, 총알을 얻어맞은 막사가 억울하다고 악을 썼다.

틀림없이 김태진이 움직이는 것을 본 적이 방아쇠를 당긴 걸 거다.

타아아아앙!

봐라! 이건 강철규가 대응사격한 거다.

강찬은 나직하게 한숨을 내쉬었다.

인정할 건 인정해야 했다.

비무장왕?

엿이나 먹으라고 악을 썼지만, 직접 본 사격 솜씨, 발목에서 대검을 뽑아내는 동작, 그리고 소리 하나 없이 뒤로 물러나는 것에서 그가 적어도 석강호만큼, 혹은 그 이상의 실력을 지녔었다는 것만은 인정해야 했다.

그래서 지금처럼 위급한 순간에 가장 먼저 찾게 되고, 그가 총을 쏘았을 때 내심 안도하는 것만으로도 다른 말을 하기는 어려웠다.

부스럭.

김태진이 강철규와 비교되는 동작으로 강찬에게 다가왔다.

"안으로 들어가지."

"이쪽에서는 못 보나요?"

"전원을 이용할 방법이 없다."

염병할! 이런 걸 줄 거면 충전용으로 주던가! 이런 엄청난 걸 만든 놈들이 어떻게 배터리 하나 개발하지 않은 건지?

강찬은 무전기를 들고 버튼을 눌렀다.

치잇.

"잠시 자리를 비운다."

한마디 말을 뱉은 그는 김태진과 적을 번갈아 보고 다시 버튼을 눌렀다.

우선은 대원들을 지키고 보는 게 맞다.

치잇.

"내가 돌아올 때까지 지휘는 영감이 맡는다."

김태진의 놀란 눈앞에서 강찬은 걸음을 옮겼다.

어쩐지 '알았소.' 하는 강철규의 음성이 들리는 것 같았다.

"가시죠."

"어? 어! 그래!"

김태진이 강찬의 뒤를 따라 움직일 때였다.

타아아앙!

M16 소리가 커다랗게 들렸다.

김태진은 화들짝 뒤를 돌아보았는데 강찬은 그냥 걸었다.

강철규가 쏜 총이다.

아마 강철규도 강찬이 쏘는 총소리를 구별할 거다. 방아쇠를 당길 때의 호흡과 리듬을 이해하면 알게 된다.

강찬은 석강호가 막사 위에 있는 것처럼 든든했다.

"빌어먹을!"

그런데 이상하게 짜증이 올라왔다.

⚜   ⚜   ⚜

휘이이잉! 휘이이이잉!

적들과의 거리는 대략 500미터.

막사와 적들 사이의 황야에서 회오리가 흙먼지를 움켜쥐고 치솟았다가 사라졌다.

"사격하지 마!"

강철규가 지른 고함이 옆에 있는 막사까지 고스란히 들렸다.

"고개 숙여!"

적들이 트럭의 앞으로 모습을 드러내는 순간이었다.

그런데도 강철규는 최대한 막사의 뒤편에 서서 사격을 하지 못하게 고함을 지른다.

피식.

강철규가 적들을 노려보며 웃었다.

꼬드기는 거다.

이쪽에서 누군가 겨냥하려고 머리를 들 때 숨어 있는 저격수가 방아쇠를 당긴다.

그렇다면 날 잡아잡슈 하듯이 서 있는 강철규는?

그는 일부러 막사의 뒤편 끝에 서 있었다.

적의 저격수가 환장할 상황이다.

상체를 들어 저격용 총을 위로 올리면 강철규의 머리를 단박에 날릴 거다. 하지만 강철규의 사격 솜씨를 알고 있는 저격수가 그런 무모한 짓을 할 리는 없었다. 더욱이 적의 저격수가 스페츠나츠 출신이라면 더욱 그렇다.

길리슈트처럼 갈기갈기 찢긴 황토색 천으로 온몸을 감싼 저격수를 한눈에 확인하기는 쉽지 않다. 그래서 저놈의 길리슈트가 오히려 스페츠나츠 출신이라는 것을 증명하고 있는 거다.

비무장왕.

지금은 그런 전설이 나오기 어렵다.

무엇보다 비무장지대에서 근접전이 사라졌고, 다음으로 초소를 직접 공격하는 일조차 금기시되기 때문이다.

강철규는 주변을 빠르게 훑었다.

전성기에는 비무장지대에 러시아의 스페츠나츠와 중국의 화이트 울프가 나타난 적이 많았다. 놈들의 특수 훈련에 비무장지대의 아군 목을 가르는 과정이 실제로 있었다.

피식.

강철규는 바람이 빠지는 것처럼 웃었다.

제발 그런 놈들의 모가지를 따지 말라고 부탁하던 상관의 모습이 떠올랐다.

'그럼 아군은요? 거기 있는 불쌍한 애들 모가지가 날아가는 걸 지켜보라는 겁니까?'

'내가 왜 이러는지 몰라서 그래? 그냥 놔두라잖아! 거기에 가지 말라고! 오늘은 절대 막사를 벗어나지 마. 알았어? 이러다가 네가 죽어! 아니라도 다친다고! 러시아와 중국이

지랄하면 나도 너를 지켜 줄 수가 없어!'

 책상을 때려 가며 악을 쓰던 상관의 얼굴이 어제 본 것처럼 선명하게 떠올랐다.
 그때도 강철규는 지금처럼 웃었다.

 비무장지대에 들어가는 수색대원들은 철책선을 지키는 대원들을 향해 '후방에서 근무하니까 맘 편해서 좋겠다!'라고 외치곤 했다.
 지뢰 표시가 있는 지역은 우리와 북쪽 놈들 모두 이용하는 길을 따로 확보한다. 지랄 같은 건 밤에 몰래 움직여서 그 길에 지뢰를 묻어 놓는 거다.
 강철규는 그럴 때마다 심장이 두근거리곤 했다. 그리고 거짓말처럼 지뢰를 찾아냈다.
 그러나 그가 빠진 채로 수색에 나섰던 대원 중에는 발목이, 혹은 무릎까지 날아간 대원들이 나왔다. 그래서 강철규는 쉴 틈이 없었다.
 스페츠나츠와 화이트 울프가 잡입할 때마다 강철규의 심장은 세차게 두근거렸다. 그런 날 작전에 나가지 못하면 아군 두세 명은 목이 갈라지거나, 아니면 머리를 잃은 채 몸뚱이만 남기고 죽는다.
 그걸 알면서 막사에 남아 있으라고?

스페츠나츠는 아군의 귀와 귀를 관통하는 송곳을 꽂는다. 훈련을 완수했다는 표식이다. 화이트 울프는 반드시 목을 끊어서 북한군에 넘기고 갔다.

죽은 대원들을 보면 누가 죽였는지 확실히 알게 되는 거다.

그뿐이 아니다.

북한의 특종병과 공강병은 심장에 칼을 박고, 목이 뒤로 완전히 젖혀질 만큼 울대를 갈라 버린다.

강철규가 하루를 쉬면 반드시라고 해도 좋을 만큼 목이 갈라지거나, 심장을 찔렸거나, 혹은 귀를 뚫리고 머리가 없어진 시체가 나왔다.

강철규는 모른 척할 수가 없었다. 이제 스물을 갓 넘긴 놈들이 바싹 긴장해 있다가 자신을 보고서 기뻐하는 눈빛을 말이다.

직업 군인과 일반병이 섞인 수색대다.

"총기 확인!"

철커덕!

노리쇠를 당긴 대원들이 강철규를 보고 난 다음,

"암구어!"

"…, …, 이상입니다!"

들리지도 않는 소리로 암구어를 확인했다.

그렇게 3개의 철책선을 넘어가면 나올 때까지 입을 여는 일은 없다. 다시 철책선 밖으로 나왔을 때, 강철규는 대원들과 함께 담배를 나눠 피웠다.

"고생하셨습니다."

그렇게 다가오는 놈들을 두고 어떻게 막사에 편하게 있을 수 있겠나?

그때 삐약거리며 담배를 가져왔던 병아리 소위 중에 김태진이 있었다.

그리고 악몽이 시작되었다. 그러고 보면 상관은 그날의 일을 대강 짐작한 모양이었다.

"제발 철규야! 오늘 나가면 너 정말 죽어!"

그날, 이름을 부르면서 매달리던 상관의 음성 역시 어제 들었던 것처럼 또렷했다.

그래도 강철규는 심장이 전하는 경고대로 막사를 튀어 나갔고, 스페츠나츠와 화이트 울프의 목을 갈랐다.

피투성이가 되어서 막사로 돌아왔을 때 상관은 소리 없이, 눈물 없이 울고 있었다.

"미안하다."

그리고 턱없이 사과했다.

그날 밤, 비상이 걸렸다.

강철규가 상황실로 뛰어갔을 때, 아군 초소가 기습당했고, 대원 다섯이 끌려갔다는 말이 있었다.

찌이이잉!

강철규는 갑자기 뒤통수를 덮친 고통에 인상을 찌푸렸다.

비상이 걸렸는데, 아군이 끌려갔다는데, 출동 명령은 없었다.

"뭐하는 겁니까?"

"비상대기 명령만 내렸어! 강철규, 이리 와 봐."

상관은 강철규의 팔을 끌고 상황실 바깥으로 나섰다. 그리고 담배를 건네주었다.

철컹. 치이익!

지포 라이터로 불을 붙이고 난 다음이었다.

"이거, 널 잡으려는 거 같다. 러시아와 중국이 출동하지 못하게 압력을 넣고 널 도발하는 거야. 그러니 오늘은 나가지 마라. 이런 말이 내 입에서 나간 게 알려지면 내 모가지도 날아가겠지만 난 널 버릴 수 없다."

상관은 한 모금 마신 담배조차 잊은 얼굴로 강철규에게 매달렸다.

"널 잡으려고 만든 미끼다. 저 새끼들이 언제 포로를 끌고 간 적이 있었냐? 틀림없이 엄청난 병력이 널 노리고 있는 거다. 봐라, 출동 명령이 없잖아? 널 알고 있어서 그런 거야. 그러니 오늘만 참자! 제발 부탁이다."

강철규는 그날도, 그 순간도 상관을 향해 웃었다.

"야, 이 새끼야!"

분하고, 억울한 군인의 눈을 본 사람이 몇이나 될까?

상관의 눈이 꼭 그랬다.

"초소에 있는 애들은 전부 국가에 의무를 다하기 위해 온 놈들입니다. 힘없고, 빽 없어서 군대에 온 놈들은 모가지가 잘리게 생겼는데도 구하지 말라는 겁니까?"

"너는? 이제 갓 태어난 네 아들은? 제수씨는?"

"군인의 가족입니다."

상관을 향해 마지막으로 주었던 것도 미소였다.

휘이이이이잉! 휘이이잉!

바람이 거세게 볼을 때리더니 다시 서너 개의 작은 회오리를 만들며 멀어졌다.

지옥이었다.

그 밤에 목에 칼을 박아 준 적의 숫자는 세지도 못한다.

스페츠나츠, 화이트 울프, 특종병, 공강병.

빗발처럼 소총이 날아왔고, 수류탄, 심지어 크레이모아까지 터졌다.

피투성이가 되어서 다섯 놈의 아군을 끌고 나올 때 수류탄이 날아왔고, 강철규는 대원들을 감싸 안았다.

콰으으응!

뒤통수, 목, 등짝이 찢어지는 것처럼 아팠다.

"달려! 이 새끼들아!"

피를 온통 뒤집어쓰고 악귀처럼 강철규는 대검을 휘둘렀고, 다섯과 함께 귀대했다.

철책을 넘어 완전무장한 부대원들에게 다섯을 인계한 후, 강철규는 바닥에 주저앉았다.

그를 기다린 것은 부대원만이 아니었다.

헌병대가 수갑을 디밀었다.

철커덕!

상관은 권총을 뽑았고, 대원들은 소총을 겨눴다.

"오늘은 돌아가라. 만약 여기서 한 발만 움직이면 헌병이고 지랄이고 모조리 죽인다. 가라. 내일, 내일 내 손으로 넘기마."

그렇게 한바탕 소동이 지나고 막사에 누웠을 때였다.

상관은 담배를 건네주며 웃고 있었다.

"이런 환자한테 담배를 줍니까?"

"안 죽을 거잖아."

철컹. 치이익!

"후우!"

상관은 담배 연기를 길게 뿜었다.

"나 옷 벗는다."

강철규는 질문도 하지 못했다.

명령을 무시하고 나갔고, 러시아와 중국의 콧잔등을 때리고 왔으니 어쩌면 당연한 일인지도 몰랐다.

"네가 구해 온 놈들이 엉뚱한 진술서에 사인했다. 서운하게 생각하지 말자."

강철규는 아프게 웃었다.

"난 옷 벗고, 너는 이병 제대다."

강철규는 그때 상관이 손가락에 끼어 있는 담배를 보았다. 마치 강철규 자신처럼 보였다. 덧없이 타들어 가는 것이 말이다.

"병원비는 내가 마련하마."

"저도 돈 있습니다."

"시끄러워, 이 새끼야! 생각해 주는 척할 거였으면 어젯밤에 그러지 말았어야지."

상관이 아프게 웃으면서 '고생했다.' 하는 말을 들으며 강철규는 의식을 잃었다.

정신을 차렸을 땐 국립의료원이었고, 옷을 벗는다던 상관은 구속되었다.

수술은 받지 못했다. 그리고 새로운 지옥이 열렸다.

찌이이이잉!

시도 때도 없이 덮치는 통증, 그리고 끔찍한 환각이 달려들었다.

분명 집이었다. 그런데도 한순간에 스페츠나츠와 화이트 울프, 그리고 특종병이 달려들었다.

살아야 했다.

그래서 미친 듯이 버둥대고 나면 아내와 아들이 쓰러져 있었다. 피투성이의 아내, 그리고 눈물을 뚝뚝 떨구던 어린 아들을 보면서도 죄의식을 느낄 틈이 없었다. 심지어 아들은 아버지가 군인이었다는 것도 몰랐는데 말이다.

고통이 멈추기를, 이 지옥에서 벗어나기만을 바랐다.

미안하다, 여보. 미안하다, 아들아.

강철규는 나직하게 한숨을 내쉬었다.

정신이 멀쩡했던 날, 강철규는 아내가 없는 틈을 타서 부엌칼을 들었다.

더 이상은 짐이 되고 싶지 않았다.

끼이익.

그 순간에 문을 연 아내는 강철규의 손에 들린 칼을 보고도 덤덤한 눈빛이었다.

"사세요."

그리고 나직하게 말을 건넸다.

삶에 지친 손이 조용하게 건너와 강철규가 들고 있던 부엌칼을 잡아 갔다.

"술에 의지하고, 약에 의지해서라도 사세요. 버틸 때까지 버텨 볼게요. 난 당신이 자랑스러웠어요."

왜 하필이면 그때 그 모습이 떠올랐을까?

힘겹던 훈련 틈에 찾아와 환하게 웃어 주던 아내의 눈과 하얀 이.

그래 놓고 마지막 모습은 목을 매단 것이었다.

이러지도 저러지도 못하는 함정에 빠진 아내가 마지막으로 강철규에게 하고 싶었던 말이었을 거다.

이제는 정신을 차려 달라고.

아들을 잃었다고.

그것도 머나먼 타국에서, 하필이면 군인이 되어서.

그때부터 약과 술을 끊었다.

매일 밤 달려드는 환각에 목을 내밀었다.

'죽여라! 제발 죽여 다오!'

그렇게 시간이 흐르자 환각이 사라졌고, 전보다 더 끔찍한 고통만 남았다.

"납입니다. 녹이 슬기 시작했을 텐데 지금까지 살아 있는 게 용합니다."

그러면서도 의사는 고개를 저었다.

"너무 위험한 부위입니다."

강철규는 날카롭게 적들을 훑어보았다.

강찬이 맡긴 일이다.

그의 웃음, 그의 눈빛, 어쩐지 아들이 살아 있다면 저런 모습이지 않을까 싶었다. 변명이라도 해 보라고 했을 때, 미안하다고 답을 할 때, 아들과 대화하는 느낌마저 들었다.

스페츠나츠? 러시아 마피아?

개새끼들.

너희 같은 병아리 말고 너희의 상관들은 한국말 '비무장왕'을 전부 기억할 거다.

감히 네놈들이 내 앞에서 강찬을 노려?

강철규는 날카롭게 앞을 보며 씨익 웃었다.

강찬은 자신이 어쩌지 못할 정도의 실력을 지녔다.

그리고 그런 강찬을 죽일 실력이 있다고 해도 강철규는 양보할 마음이 전혀 없었다.

그가 아들의 유골이나 유품을 찾아 줄 가장 확실한 사람이기 때문이었다.

⚜   ⚜   ⚜

막사의 소파에 앉은 김태진이 고개를 들어 맞은편에 앉은 강찬을 보았다. 위성 영상 수신기에는 주변에 아무것도 잡히는 것이 없었다.

"이 정도면 후속 병력이 없다고 봐야 하지 않나?"

"밤에 들이닥친다는 뜻입니다."

김태진은 확신이 들지 않는 얼굴이었다.

"시간을 끌면서 우리를 지치게 한 다음, 밤에 다른 놈들이 기습하겠지요."

"확실한가?"

"밤이 되면 답이 나옵니다."

"그렇다면 도움을 청해야지!"

강찬은 고개를 저었다.

"지금 연락하면 무조건 국경 수비대기 옵니다. 그리고 그들이 마피아와 손을 잡으면 우리는 그대로 전멸입니다."

김태진은 설명을 요구하는 듯 놀란 눈을 하고 입을 열지 않았다.

"새벽에 도망간 것의 의미를 짐작하면 간단합니다. 바실리가 그 새끼들을 이용해서 합의하라고 했던 것도 그렇고요. 국경 수비대가 다가오면 우리는 어쨌든 먼저 총을 쏘지 못합니다. 그런데 놈들이 기지 안에서 지랄하면 당해 낼 방법이 없습니다."

"중국과 러시아의 눈이 있는데도 그럴까?"

"마피아가 했다고 우기겠죠. 이곳에 돈 나가는 것만 전부 가져가면 국경 수비대는 그걸로 만족할 겁니다."

"후우! 난 지금껏 너무 순진하게 살았군."

"다른 곳의 전투에서 흔히 있는 일입니다."

"아프리카인가?"

강찬은 고개를 끄덕였다.

"나는 언젠가 화병으로 죽을 거야. 자네 정체가 궁금해서."

"오늘을 넘기고 봐야 가능한 일입니다."

"ㅎㅎㅎ."

어이가 없는 웃음을 웃은 김태진이 강찬을 보았다.

"방법은 있나?"

김태진은 답을 듣지 못했다. 대신 무섭게 번들거리는 강찬의 눈만 보았다.

⚜ ⚜ ⚜

'반드시 너를 찾아서 엄마 곁에 놓아주마.'

강철규는 적들을 노려보며 가슴속으로 다짐했다.

지금은 강찬에게 마음이 끌리는 것도 아들에게 미안했다.

좋았다.

강찬이 막 대할 때마다 아들을 대신해 주는 것 같아서. 아들이 저런 남자를 알고 있다는 것이, 그리고 아들의 죽음을 자기 일처럼 분노해 준다는 것이.

강철규는 쓸데없는 감상을 털어 내기 위해 적들을 좀 더 날카롭게 보았다.

스페츠나츠의 전통적인 방법이다.

선발대가 와서 정신을 사납게 한다. 그리고 온종일 신경을 곤두서게 한 다음, 다른 놈들이 뒤쪽으로 돌아서 밤에 기습하는 거다.

세월이 얼마나 흘렀는데 아직 이런 고전적인 방법을 고수하는 건지.

강철규는 슬쩍 뒤를 돌아보았다.

황야의 한가운데 뚝 떨어진 것처럼 기지가 있다.

'오늘 밤이다.'

적은 반드시 야간에 기습할 거다.

심장이 두근거리는 것을 모르는 사람은 아무리 설명해 줘도 모른다.

강찬 역시 본능으로 기습을 알아차린 것처럼 보였다. 그래서 위성 수신 영상을 확인하려는 걸 거다.

오늘 밤이 승부다.

이렇게 되면 반드시, 그리고 가능한 한 잔인하게 스페츠나츠를 해치운다. 그러면 사기가 꺾인 적은 반드시 협상안을 내놓거나 포기한다.

강찬이, 그리고 김태진이 아들의 유골이나 유품을 찾을 때까지 악착같이 싸운다.

죽게 된다 하더라도 김태진이라면 아내의 곁에 아들의 유품 정도는 묻어 줄 거다.

구속되었던 상관은 그 뒤로 한 번도 보지 못했다.

'너무 서운해하지 마십시오.'

아직 살아나 있을까?

담배를 너무 피워서 벌써 죽었을지도 모른다.

오늘 밤의 일로 강찬이 아들의 유품을 찾는 일을 돕겠다는 마음만 굳히면 된다.

불명예제대 이후에 진짜 군인을 처음 봤다.

저런 남자가 전에 있었더라면……?

강철규는 고개를 저었다.

상관도 지켜 주지 못했는데, 아마 강찬도 비슷한 모습으로 군에서 쫓겨났을 거다.

강철규는 문득 아들이 보고 싶었다.

욕을 해도 좋고, 사람들 많은 앞에서 따귀를 때려도 좋으니 아들을 단 한 번만 볼 수 있으면 싶었다.

철컥! 타아아앙!

한순간, 강철규는 번개처럼 소총을 들어서 방아쇠를 당겼다.

총구를 들던 상대 저격수가 대가리를 급하게 처박았고, 아군은 놀란 시선을 강철규에게 던졌다.

피식.

이왕 대가리 처박았으니까 밤이 될 때까지 그러고 있어라. 적어도 강찬이 작전을 세울 때까지는.

강철규는 흘깃 뒤를 보았다. 강찬이라면 총소리의 의미를 알아줄 것만 같았다.

이쪽의 신경을 긁고 싶은 거냐?

철컥! 타아아아앙!

차량 앞에서 설치던 적 한 놈이 흐물거리며 고꾸라졌다. 약을 올리려고 나섰던 모양인데 그거야 제 놈의 선택이니까.

그나저나 강찬은 어떻게 이런 거리에서 이마를 맞출 수 있는 거지?

처음엔 우연인 줄 알았다.

내 삶을 눈물로 채워도 • 327

그런데 오전에 있었던 교전에서 확실히 알았다.

휘이이이잉! 휘이이이잉!

오늘 밤이다.

두근두근. 두근두근.

강철규는 심장이 주는 경고를 느끼며 주변을 둘러보았다. 심장이 미친 듯이 여길 벗어나야 한다고 뛰고 있었다.

상관없다.

오늘 밤 죽는 한이 있더라도 반드시 강찬과 김태진만은 지켜 낸다. 그래서 강찬과 김태진이 대신 아들의 유품을 아내의 곁에 묻어 줄 수 있게 할 거다.

이 밤에 아들을 만날지도 모른다.

그것도 상관없다.

몽골의 황야와 거친 바람 속의 전장이라면…….

피식.

피와 눈물로 채워진 삶에는 말이다.

15권에 계속

www.mayabooks.co.kr

www.mayabooks.co.kr